BBN
B●BOY NOVELS

Perfect《パーフェクト》 Darling《ダーリン》

～「豪華客船で恋は始まる」短編集

水上ルイ
Rui Minakami Presents

蓮川 愛
Illustration: Ai Hasukawa

この物語はフィクションであり、実際の人物・
団体・事件等とは、一切関係ありません。

Contents

Perfect Darling
～「豪華客船で恋は始まる」短編集

豪《ごう》華《か》客《きゃく》船《せん》で恋《こい》は始《はじ》まる

人物紹介

倉原 湊
Minato Kurahara

私立聖北大学の大学生。高校３年生の時にエンツォとの「お見合い」を仕組まれ、やがて彼と深く愛し合うようになる。苦しいときにも逃げ出さずに、逆にみんなを励まし守ろうとするような、強く温かい心を持っている。婚約者であるエンツォを心から愛している。船上での愛称は「プリンス・ミナト」。

二人をとりまく人々

プリンセス・オブ・ヴェネツィアⅡクルー

石川孝司

経験豊富な年配の副船長。初乗船時、嫌がる湊を泣き落として乗せた人。

フランツ・シュトローハイム

優しい癒し系の美青年。湊滞在中の担当コンシェルジェで仲の良い友人。

クリース・ジブラル

元海賊の航海士でエンツォの右腕。奥手なフランツとキスまでの恋仲。

ウイリアム・ホアン

しっかりもののコンシェルジェで、湊とフランツとは大の仲良し。

デイビッド・リン

アメリカ海軍警察の有能な中尉。ジブラルの親友で、ホアンと恋人同士。

エンツォ・フランチェスコ・バルジーニ

Enzo Francesco Balzini

豪華客船『プリンセス・オブ・ヴェネツィアII』の船長にして、
イタリアの世界的企業バルジーニ海運の次期総帥。
すべてに万能な超エリートだが、どんな危機をも切り抜けるサバイバル能力に長けた海の男でもある。その行動は、果断にして的確。
婚約者である湊を心から愛する。

ブルーノ・バルジーニ

豪快で型破りな動物学者。エンツォの叔父。アルベールに熱烈に片思い。

アルベール・コクトー

著名な海洋学者。湊には優しいが、ブルーノにはひたすら厳しくクール。

セルジオ・バルジーニ

エンツォの父にしてバルジーニ家当主。スケールが大きすぎるダンディ。

その他

倉原 渚

元気で明るい湊の妹。父母と共に、湊とエンツォの恋を応援している。

神代寺正光

大変厳しい湊の家庭教師。世界中の名家の子女を教えてきたスーパー教師。

fromMtoE

「豪華客船で恋は始まる 11」の直前、炎上したプリンセス・オブ・ヴェネツィアⅡが修復され、新たな航海に出る前のエピソード。

エンツォ・フランチェスコ・バルジーニ

「私は、その意見には反対です」

ヴェネツィアにあるバルジーニ海運本社。大理石で作られた会議室に居並ぶのは、古い絵画に描かれた元老院議員もかくやという厳しい顔をした取締役達。

私は、彼らの顔をできるだけゆっくりと見渡しながら言う。

「利益の追求よりも、まずはわが社の船を選んでくれる乗客の方々にどれだけ満足していただくかを考えるべきだと思います」

私の意見に強硬に反対していた取締役の一人――親族経営の会社なので私の叔父だが――が、苦々しげな顔で目をそらす。私は彼の提案を論破《ろんぱ》するだけの大量の資料を集め、今回の会議ではそれを提出した。ほぼ全員の取締役が、このまま私の意見を支持するという確信があるが……彼だけは、最後まで賛成はしないだろう。

会議室にそっと入ってきた私の秘書が、さりげなく時計を示してみせる。私は腕時計を見て、そろそろ出発すべき時間であることを確かめる。

「失礼、船に戻る時間だ。会議の結果は、後ほど自家用ジェットの中で聞きます」

私は言って、ミーティングテーブルの上に置かれた書類やファイルをまとめる。

「誇り高いわがバルジーニ海運の経営理念を重視した、よい結論を期待しています」

私は威嚇《いかく》の意味も込めてもう一度彼らを見渡し、ファイルを持って立ち上がる。ドアに向かって会議室を横切りながら、いつもの癖でファイルの表面を指先で撫で、あの柔らかな革の手触りを期待するが……指に当たるのは、プラスティックの硬い感触だけ。

……スケジュールブックは、あの火災で燃えてしまったんだった……。

思うと、驚くほど激しく、胸が痛む。

『プリンセス・オブ・ヴェネツィアⅡ』の火災で燃えてしまったものはたくさんあるが、私にとって一番つらかったのは、愛する湊《みなと》との思い出の品々が燃えたことだった。

二人でたくさんの時間を過ごしたロイヤル・スウィート。初めて彼と一つになったベッド。彼がいつも勉強をしていたライティングデスク、そしてベッドサイドに飾られていた、湊の写真。

……燃えてしまったものを惜しんでいても仕方がない。『プリンセス・オブ・ヴェネツィアⅡ』は再建したし、アンティークの家具も、昔のままに保存されていた『プリンセス・オブ・ヴェネツィアⅠ』の中でほぼ同じものを見つけることができた。写真は、湊がデータを貸してほしいと言って日本に持っていったところだったので、コピーができる。だが……。

「エンツォ様」

私の後から会議室を出てきた秘書のアスティが、少しいぶかしげな声で言う。

「スケジュールブックはどうされました？」

「え？」

驚いて振り返ると、彼は隣を歩きながら私の手元を見下ろしていた。

「いつもお持ちだった、革の表紙がついたスケジュールブックです。もしかして会議室にお忘れでしょうか？　でしたら、今すぐ戻って取ってまいりますが……」

「いや、いいんだ」

私は彼の言葉を遮《さえぎ》って言う。

「あれは『プリンセス・オブ・ヴェネツィアⅡ』の火災で燃えてしまった。仕事のスケジュールはモバイルＰＣとタブレット端末ですべて管理している。だから仕事に支障はない」

言うと、さらに胸がきつく痛む。

……たしかに仕事に支障はない。だが……。

「そうですか」

アスティは、気の毒そうな顔で言う。

「いつも持ち歩かれて、ずっと大切にされていたのに。残念でしたね」

「……残念だが、仕方がない」

私は言うが……やはり気が晴れることはない。

……いつまでも、過去のことを振り返ってばかりいてはいけない。本当に幸せなことに、湊は無事だった。これから一緒に、またたくさんの思い出を作っていけばいい。

私は、あのスケジュールブックのページのすべてを思い出す。湊とのバカンスの予定が詳細に書き込まれていたその中には、湊が書いたメッセージがいくつも躍っていた。『祝・あなたの誕生日！』『この日はバスケの試合。頑張るぞ！』『祝・オレの誕生日！』『ここから大学が休みだよ。会えるといいなあ』彼の無邪気な言葉は、いつでも私の心をあたためてくれた。

湊が書いてくれたあのメッセージが燃えてしまったことが、私に不思議なほどのダメージを与える。何か、とても大切なものを失ってしまったかのような喪失感だ。

私とアスティはエレベーターホールに入り、ちょうど到着していたエレベーターに乗り込む。バルジーニ海運本社は建物は古いが、中の設備は最新だ。エレベーターの一面はガラス張りになっていて、美しいヴェネツィアの夕暮れを見渡すことができる。運河を目で辿《たど》ると、有名な『ため息の橋』を見つけることができる。

思いを確かめ合い、身体を一つにした次の日。湊はもう二度と私に会えないと誤解したまま、バルジーニ家のゴンドラに乗った。湊は声も立てずに静かに涙を流し、『ため息の橋』の下を通りながら本当につらそうなため息をついた……同行していた副船長がそう話してくれた。

その後、バルジーニ家の屋敷で私に再会した時の、湊の煌《きら》めくような笑顔を思い出す。

……湊と出会い、そして愛し合うことができた。そのこと自体が、私にとっては奇跡だ。

美しいヴェネツィアの景色を遠く見下ろしながら、私は思う。

……その奇跡に感謝しなくてはいけない。過去を振り返るよりも、彼といられるこれからの時間のことを考えなくては。

そして私は、昨日屋敷に届いていた、ある郵便物を思い出す。

「サンフランシスコに到着したら、『プリンセス・オブ・ヴェネツィアⅡ』のドックに向かう前に寄りたい場所がある。時間は取れるだろうか？」

私が言うと、アスティは持っていたタブレット端末を持ち上げて、

「少しお待ちください」

言ってスケジュールを確認している。

「午後四時までサンフランシスコ支社での会議。その後五時半から、アメリカ大統領とのディナーミーティングが入っております。指定された場所が郊外ですので、車ですとギリギリで……」

「ヘリで行く。それなら？」

私の言葉に、アスティは苦笑して言う。

「でしたら、一時間ほど時間が取れるかと。すぐに自家用ヘリの手配をいたします」

◆

「こちらが、カタログに載っていたものの、実物です」

店長が言いながら、テーブルにいくつかのベルベットのトレイを置く。その上に乗せられてい

るのは、目をみはるほど見事な宝飾品ばかり。値段にすれば数億ドルにもなるだろう。

「……美しいな」

私は、思わず見とれてしまいながら言う。彼は誇らしげに微笑んで答える。

「ありがとうございます」

ここは、サンフランシスコ中心部にある宝飾品店。『プリンセス・オブ・ヴェネツィアII』の中にも支店を出していたブランドだ。応接室のソファの向かい側に座っているのは、そこで店長を務めていた男性。今は臨時で、このサンフランシスコ店に出向しているらしい。

「『プリンセス・オブ・ヴェネツィアII』の修復が完了するまで少し時間がありましたので、世界中にあるわが社の店舗から、選《え》りすぐりの品を揃《そろ》えました。『プリンセス・オブ・ヴェネツィアII』の中に新規オープンする店には、これらを並べようかと思っております」

屋敷宛に送られてきた郵便物は、この店長からの手紙とできあがったばかりのカタログだった。新店舗開店への意気込みがつづられた手紙に、私はとても勇気づけられた。

「……避難する時、店舗から持ち出せた宝飾品はわずかだったでしょう。救命ボートに手荷物は一切持ち込めませんでしたし」

私が言うと、店長はクスリと笑って、

「うちはスタッフ達が優秀なのでね。火災警報が鳴ると同時に、彼らは金庫に飛び込みました。救命ボートに乗る時、私とスタッフ達の上着のポケットは超高額の宝飾品で膨《ふく》らんでおりましたよ。あんなに贅沢《ぜいたく》な思いをしたのは生まれて初めてです」

彼は冗談めかして言うが、会社の被害は甚大《じんだい》だったはずだ。もちろんバルジーニ海運が弁償する予定だったのだが……彼らの会社の副社長が私に連絡をくれて、悪いのは爆弾をしかけた犯人でバルジーニ海運に非はない、しかも保険がかかっているから大丈夫、と代金を受け取ろうとしなかった。

「あのように大きな事故があった後です。なので船の修復が完了しても、もう出店しないという店舗が出ることは覚悟していました」

私は、それぞれの店舗のスタッフの顔を思い浮かべながら言う。

「ですが、すべての店舗が、再び『プリンセス・オブ・ヴェネツィアⅡ』への出店を希望してくれました。それどころか、新規で店を出したいという申し出まで殺到しています。……本当に感謝しなくてはいけません」

私が言うと、店長はにっこり笑って、

「事故後、各店舗の店長と何度か懇親会があったんですよ。みなさん口を揃えて言っていたのは、『プリンセス・オブ・ヴェネツィアⅡ』を愛していたこと、そしてあの船の上での仕事を楽しんでいたということでした。……私も、また船の上での仕事ができるのを楽しみにしております」

その言葉に、私の胸が熱くなる。

「私も、みなさんに船の上でお会いするのが、本当に楽しみです」

店長は本当に嬉しそうに微笑み、それから、

「ああ、失礼しました。お忙しいのに、すっかり話し込んでしまいました。……さきほどのお電話によれば、カタログを見て、この中のいずれかに興味をお持ちだとか？」

「一つ、とても気に入ったものがあったんです。ですから店舗に並べる前に見せていただこうかと思ってお邪魔しました」

私は言って、トレイの上に置かれた小さな箱を持ち上げる。そこに入っているのはまだ加工する前の小さな黒真珠が二粒。

「これなのですが」

「ああ、こちらですか」

彼は言い、うっとりとそれを見下ろす。

「私もとても気に入ってしまって、カタログにぜひ載せてくれるようにと担当者に頼みました。直径は小さいですが、大変上等な黒真珠です。天然モノでここまで完璧な真円、さらにこの素晴らしい色と艶、一つならまだしも、完璧なペアになっている。こんな素晴らしい黒真珠のペアは、私も初めて見ました」

私はうなずき、箱を目の高さに持ち上げて、照明にかざしてみる。

「ピンク、赤、赤紫、紫、青、青緑、そして鮮《あざ》やかなピーコックグリーン。歪《ゆが》みのない緻密《ちみつ》な巻き、金属珠のような素晴らしい光沢を持っている上に、こんなに複雑な光を放つ。写真で拝見し

た時、なんて美しいのだろうと見とれました。まるで虹を閉じ込めたかのようだ。雨上がりの熱帯雨林に浮かぶ、小さな虹です」

私の言葉に、店長は手を打って、

「ああ、そうです！　私の貧弱なボキャブラリーではうまく表現できませんでしたが……たしかに小さな虹のようです！」

彼はうっとりと黒真珠を見つめながら、

「あえて加工せず、お客様のご要望に応じて仕上げようかと思っているのです」

「それに関して、ご相談があります。これを、ある人へのプレゼントにしたいのですが……」

私は、この黒真珠を見て以来思っていたことを、店主に伝え……。

◆

出張で東京に行った私は、湾岸にあるバルジーニ家所有のホテルのスウィートルームに湊をさらった。

リビングのソファに座ると、湊が鞄の中から大切そうに箱を取り出す。先日秘書に届けさせた、黒真珠のカフスが入った箱だ。

「この間は、すごく素敵《すてき》なプレゼントをありがとう、エンツォ」

湊が目を煌めかせながら言う。

「すっごく嬉しかった。本当に綺麗だし……」

湊は言って、そっと箱の蓋《ふた》を開ける。黒真珠のカフスを持ち上げ、自分の手首にそっと当ててみる。

「復活した『プリンセス・オブ・ヴェネツィアⅡ』の最初の航海は、ポリネシアなんだよね？南の海の上のパーティーでこれを着けたら、きっとすごく素敵だ」

彼の金色に陽灼《ひや》けした肌、青年らしく引き締まったその腕。複雑で金属的な光沢を放つ黒真珠は、彼が合わせるとどこかアバンギャルドで、とてもお洒落《しゃれ》に見える。湊はカフスボタンを間接照明にかざしてみて、

「光を反射して、いろんな色が混ざって見える。グリーンだけじゃなくて、ブルーとか、ピンクとか。孔雀《くじゃく》の羽……いや、それよりももっと複雑で、小さい虹みたい」

湊は私に目を移し、嬉しそうに微笑む。

「雨上がりの熱帯雨林に浮かぶ、小さな虹だよ」

湊が、私が思ったのとまったく同じ感想を口にしたことに、私はとても驚く。

「本当にありがとう。大切にするね」

湊は大切そうにカフスを箱に戻して鞄に入れ、それから私の顔を見上げてくる。

「オレばっかりプレゼントをもらっちゃって、いつもちょっと気が引けてたんだけど」

「私がしたくてしているプレゼントだ。君がそんなことを思う必要は……」

私が言いかけた言葉を、湊は手を上げて止める。

「実は。今日はオレも、あなたにプレゼントがあるんだよ」

イタズラっぽく笑いながら、湊が片目をつぶる。私は驚いてしまいながら、

「それはいったい……？」

「えへへ、まだ秘密！　それより……ええと……」

湊はわずかに頬を染めて、私を見つめてくる。

「……カフスをもらってからずっと、あなたにお礼をしたいなって思ってたんだ」

湊は私の両肩に手を置き、ふいに顔を近づけてくる。驚いている間に、彼の柔らかな唇が、チュッと軽い音を立てて私の頬に触れる。

「ええと、これがお礼！」

彼があまりにも可愛くて、私の理性が吹き飛んでしまう。私は彼の身体を抱き上げ、リビングを横切る。ベッドルームのドアを肘で押し開き、彼の身体をベッドの上に押し倒す。

「君があまり可愛いことをするので、もう我慢ができないよ」

私は囁き、彼の唇に深いキスをする。それだけで甘く身体を震わせる彼の身体から、すべての服を剝《は》ぎ取る。そして私達は一つになり、恋人としかいけない高みに駆け上り……。

◆

眩《まばゆ》い朝の光の中で、彼が眠っている。

昨夜、彼は私の愛撫に喘ぎ、たまらなげに身をよじらせながら精を放った。蕩《とろ》けた蕾《つぼみ》で私を受け入れ、内壁を震わせながらきつく締め上げ、気が遠くなりそうな快感を与えてくれた。

安らかに眠る彼は見とれるほどに麗《うるわ》しく、同時に少年のようにあどけない。

「……ン……」

彼が、ゆっくりと寝返りを打つ。身体を覆っていたシーツがさらりと落ち、滑らかな肌が露《あらわ》になる。彼の胸元には私が贈った黄金の細いチェーン。その先には、バルジーニ家の花嫁の証《あかし》である小さな黄金の鍵が下げられている。

彼の滑らかな肌に、私がつけたキスマークが花びらのように散る。首筋、鎖骨の上、乳首の脇。シーツをすべて剝ぎ取れば、もっと淫らで柔らかな部分にも同じマークがあるはずだ。

「おはよう、ミナト」

私は言って、無防備な唇にそっとキスをする。

「キスのお返しは？」

囁くと湊は眩《まぶ》しそうな顔で微笑み、ゆっくりと手を上げて私の肩に置く。

「うん……おはよう、エンツォ……」

半分寝ぼけた声で囁いて顔を近づけようとするが……いきなりパチリと目を見開く。

「うわーっ！　なんで寝ちゃったんだ？　プレゼント、昨夜のうちに渡そうと思ってたのに！」

湊は叫んで私の腕を擦り抜け、シーツを身体に巻きつけてベッドから飛び下り……そのまま、その場にヘナヘナと座り込む。

「昨夜、あんなにたくさん放ったんだ。まだ立てないだろう」

私は言って湊の脇の下に手を入れ、その身体をベッドの上に引き上げて座らせる。

「私が荷物を取ってくるよ。少し待っていて」

ベッドサイドの椅子からバスローブを取り、それを羽織《はお》ってベッドから下りる。リビングのソファに置いてあった湊の鞄を持って、ベッドに戻る。湊は恥ずかしそうに頬を染めてそれを受け取り、中から綺麗に包装されたプレゼントを取り出す。

「コホン。遅くなっちゃったけど、これ。……開けてみて」

「なんだろう？　楽しみだな」

それを受け取ってリボンをそっと解き、包装紙を丁寧にはがす。出てきたものを見て、本気で驚いてしまう。ページをめくって中を確かめ……呆然《ぼうぜん》と呟《つぶや》く。

「……スケジュールブック……」

それは上品な革の表紙を持つ、スケジュールブックだった。表紙の表面には、月桂樹《げっけいじゅ》に囲まれた帆船と王冠のマークが金色で刻印されている。柔らかな革の手触りに、燃えてしまったあのスケジュールブックを思い出す。私の胸が、不思議なほどに震える。

「後ろを見て。そっちにもちゃんと刻印が入ってるんだよ」

私はスケジュールブックを裏返し、裏表紙に刻印された文字を見る。

「……『from M to E』？　『ミナトから、エンツォへ』……？」

その言葉が、私の胸にゆっくりとしみてくる。

「うん。そのスケジュールブックを見つけた店で、不思議な店員さんに声をかけられたんだ。『コクインできますよ』って。魔法の呪文かと思った。……で、その人に、この刻印をしてもらったんだ。『ヴィンチェンツォ』のオーナーにそっくりな人が魔法みたいに現れたから、本当にびっくりした」

「ああ……とても素敵なプレゼントだ。どうもありがとう、ミナト」

私は喜びに胸を熱くしながら、心を込めて言う。湊は照れたように笑いながら、

「実は、エンツォが欲しがってるもの、秘書のアスティさんから教えてもらったんだ。前に使っていたスケジュールブックは、『プリンセス・オブ・ヴェネツィアⅡ』の火災の時に燃えてしまったんだよね？」

私はそれを思い出し、思わずため息をついてしまう。

「そうなんだ。あの時、スケジュールブックはブリッジではなくロイヤル・スウィートに置いたままにしてあった。あれが燃えてしまったのは、とても残念だ」

「そうだよね。上等の革を使ったものですごく高そうだったし、仕事の予定もたくさん書き込まれてただろうし……」

「そうではなくて、あのノートには君の字が書かれていた。自分の誕生日やバスケットボールの試合の日、それにいろいろな楽しい言葉。それが燃えてしまったのが残念なんだ」

私は、胸が締めつけられるような気がしながら言う。湊は私の顔を見つめ、何かを思いついたかのように、瞳を煌めかせる。

「それなら、このスケジュールブックにも、何か書いてあげる」

その言葉が、私に、信じられないほどの喜びを与えてくれる。

「本当に？」

私の問いに、湊がイタズラっぽく笑う。

「うん。あれに書いた以上に、たくさん。もしかして、あなたの予定を書き込めなくなるかもしれないよ？」

……ああ……彼は、私が望んでいるものを、いつもこうしてプレゼントしてくれる……。

私は、恋人の顔を見つめながら、呆然と思う。

……気持ちが荒《すさ》んだ時には優しい言葉を。疲れた時には無邪気なキスを。そして沈んだ時にはこうして明るい笑みを。彼のおかげで、どんなに救われてきたか解《わか》らない……。

「それでもいい。私のプライベートな時間を、君のことでいっぱいにしてしまいたい」

私は、心を込めて彼に囁く。

「会えない時にも、君のことを考えるために」

私が言うと、湊は目を見開き、それから恥ずかしそうに瞬きを速くする。

とろりと潤んだ瞳が、蜜のように甘い色気を宿している。

こうして見つめられるだけで、すべての理性が吹き飛びそうだ。抱き締めてキスをし、蕩けるまで愛撫し、私だけのものだという印を、その滑らかな肌に刻印したくなる。

ああ……私の恋人は、麗しく、優しく、そしてこんなふうに、本当に色っぽい。

倉原《くらはら》湊

「エンツォ様が欲しがっておられるもの？」

銀座《ぎんざ》中央通りに面したカフェ。テーブルの向かい側に座った男性が言う。

彼はジーノ・アスティさん。イタリア系大企業、バルジーニ海運本社の秘書室長。とても忙しいオレの恋人には、何人もの専属秘書がいるんだけど、彼らをまとめているのはこの人らしい。

オレの名前は倉原湊。私立聖北《せいほく》大学に通う大学生。ごくごく普通の庶民なんだけど、一つだけ、みんなとは大きく違うところがある。オレには、親公認の恋人がいて……その人は、オレと同じ男性なんだ。

その人の名前は、エンツォ・フランチェスコ・バルジーニ。大富豪バルジーニ一族の次期総帥で、世界に名だたる大企業バルジーニ海運の本社取締役。さらに昔からの夢を叶えて豪華客船『プリンセス・オブ・ヴェネツィアⅡ』の船長になってしまった。取締役と船長を兼任している彼は本当に忙しく、プライベートヘリやプライベートジェットを乗りついで世界中を移動し、仕事をこなしている超エリートだ。

大富豪で、世界的なVIP、さらに彼はとんでもないハンサム。どこからどう見ても完璧な王子様みたいなエンツォと、平凡な日本人大学生であるオレ。その二人が恋人同士だなんて……自分でも、まだ信じられないいんだけどね。

「大富豪であるエンツォ様は、すでにすべてをお持ちのように見えますが……」

アスティさんは言い、何かを考えるようにエスプレッソを一口飲む。

船の中には本社取締役としての仕事を極力持ち込まない、というのがエンツォの主義みたいで、秘書さん達とは、今までほとんど顔を合わせたことがなかった。だけど『プリンセス・オブ・ヴェネツィアⅡ』がテロリストの手によって爆発炎上するという大事故があったこともあって、もともと多忙だったエンツォは、さらに激務に追われるようになり、彼の用事を、秘書さんが代理でこなしてくれることも多くなった。

今日も、アスティさんはエンツォの代理で東京に来た。東京支社での仕事を終えた後に、エンツォからのプレゼントを、オレに届けてくれたんだ。

「たしかにエンツォはなんでも持ってるよね。でも、何かないかなあ？」

オレは、テーブルの上に置かれた綺麗な箱を見下ろしながら言う。

これは、アスティさんが届けてくれたエンツォからのプレゼント。丁寧にリボンがかけられた箱に入っているのは、南洋の黒真珠で作られたカフスボタン。次の航海は南の海だから、その時の船上パーティーにはぴったりだろう。これ見よがしな感じのしない小さなものだけど、紫色や青緑色が混ざり合ったような複雑な輝きが、孔雀の羽みたいでとても綺麗。きっとすごく質のいいもののはずだ。

「こんなに素敵なプレゼントをもらって、どんなお返しをしていいのか、迷うけど」

「恋人であるあなたからのプレゼントでしたら、それが小石一つだとしても、エンツォ様は一生大切になさると思うのですが」

アスティさんの言葉は、きっと大袈裟《おおげさ》じゃないはずだ。エンツォはとても優しくて、オレのことを本当に大切にしてくれていて……だから……。

「うん、彼は優しい人だから、きっとそうしてくれると思うんだ。だからこそ、彼が必要としているものを贈りたい」

「なるほど」

アスティさんは言い、それからしばらく考える。そして、

「ああ、そういえば……」

「何、何？　何か思いついた？」

オレは彼の言葉に思わず身を乗り出す。彼は真面目な顔のままうなずいて、

『プリンセス・オブ・ヴェネツィアⅡ』の火災で燃えてしまったものはたくさんありますが……

今、エンツォ様が一番必要とされているのは、新しいスケジュールブックかもしれません」

「スケジュールブック？　ああ、あれ！」

オレは、エンツォのスケジュールブックを見たことがある。よく見るバインダー式ではなく、革製のカバーがつけられたノートのようなものだった。中は予定を書き込めるカレンダーや、ちょっとした日記が書けるようになっていたと思う。

仕事のスケジュールは秘書さん達が完璧に把握しているし、航海に関することはいつも持ち歩いているタブレット端末やモバイルPCで管理しているみたいなんだけど……エンツォはそのスケジュールブックを持ち歩いて、プライベートなことを記録していたはずだ。

「そういえば、今年のスケジュールブックには、オレの落書きがあったはず」

「落書き？」

「いや、勝手に落書きしたんじゃないよ。買ったばかりでまっさらな時に、エンツォから『白いと落ち着かない。何か書いてくれないか？』って言われたんだ。調子に乗って自分の誕生日とか、

バスケの試合の日とかをいっぱい書き込んじゃった」

オレはその日のことを思い出して、クスリと笑ってしまう。それから、

「あれ、燃えちゃったのか。エンツォはいろいろ書き込んでたみたいだから、あれがないときっと不便だよね。……よし！」

オレは拳《こぶし》を握り締めて、

「オレ、エンツォと次に会う時までに、スケジュールブックを探しておきます。アスティさんは、エンツォが自分で買っちゃわないように見張っておいてくださいね」

「かしこまりました」

「あ、でもオレのお小遣いで買うから、エンツォが持ってたみたいな立派なやつは予算的に無理かも。普段使うものだから、安いものをもらったら逆に迷惑かな？」

オレがふと心配になりながら言うと、アスティさんはその顔にふいに笑みを浮かべる。

「あなたからのプレゼントが、迷惑なはずがありません。予算など、お気になさらなくても大丈夫ですよ」

彼に言われて、ちょっと勇気が出る。

「わかりました！　エンツォのために格好いいスケジュールブックを探します！」

オレは言い、残っていたオレンジジュースを一気に飲んで席を立つ。

「エンツォは金曜日に会議で日本に来るんですよね？　時間がないから、今から文房具屋さんに

行きます！　ええと……」

　飲み物代を払おうと財布を出したオレを、アスティさんが手を上げて止める。

「ミナト様にお金を出させたと知られたら、エンツォ様に叱られてしまいます。ここはエンツォ様の支払いです」

「本当に？　じゃあ、ごちそう様って伝えておいてね。……また金曜日に！」

　オレは彼に手を振り、店を飛び出した。

◆

「うう～ん、なかなかいいのがないなあ」

　オレは銀座通りにある有名な文房具店、『伊能屋《いのうや》』にいた。たくさんのスケジュール帳が並んでいるけれど、どれもごつすぎたり、可愛すぎたり……。

「いっそ、こんなのどうだろう？」

　オレは表紙に『ツキッシー』がついたスケジュール帳を手に取ってみる。これはオレの地元にも近い、月島《つきしま》のゆるキャラ。どうやらヘチマの仲間らしく、頭の天辺《てっぺん》に黄色い花が咲いている。お祭り用の法被《はっぴ》を着て、額には捻《ね》じり鉢巻《はちまき》。両手にもんじゃ焼き用の小さな鉄ベラを持っていて、もんじゃを焼く時みたいな手の動きが特徴だ。着ぐるみにしてはかなり身軽で、ぴょんぴょんとパワフルに飛び跳ねたりする。最初は全然注目されてなかったけど、ネットから話題が広がり、オレも最近かなり気に入っていて……。

……こんなゆるキャラグッズがあったら、堅苦しい会議の時にもちょっとなごむんじゃないかな？

オレは、エンツォが本社会議に参加しているところを想像してみる。ヴェネツィアにあるバルジーニ海運の本社は、とても重厚な石造りの建物だった。だから内部もきっとすごく豪華なはずだ。

……あのエンツォなら、どんな重役に囲まれていても臆《おく》したりせず、きっと格好よく発言をしているはず。

オレは、立派な会議室に居並ぶ厳しい顔の取締役達と、彼らの意見に真っ向から反対する勇ましいエンツォを想像してみる。

『私は、その意見には反対です。利益の追求よりも、まずはわが社の船を選んでくれる乗客の方々にどれだけ満足していただくかを考えるべきだと思います』

エンツォは周囲を見渡しながら、凛々《りり》しい顔で意見を述べる。取締役達は気圧《けお》されて黙り、反対意見を述べることができない。エンツォは腕の時計を見て、

『失礼、船に戻る時間だ。会議の結果は、後ほど自家用ジェットの中で聞きます』

そう言って、ミーティングテーブルの上に置かれた書類やファイルをまとめる。

『誇り高いわがバルジーニ海運の経営理念を重視した、よい結論を期待しています』

重役達を鋭い目で見回しながら言い、ファイルを持って立ち上がる。彼の荷物の一番上には、この『ツキッシー』のスケジュールブックが……。

「ああっ！」

あまりのアンバランスさに、オレは思わず一人で頭を抱える。

「ダメだ、ゆるキャラはダメだ！」

普通の人なら、おかしなものをもらったら会議には持って出ないとか、そっと隠すとかするだろう。でもどこまでも堂々としたエンツォは、そんなことはしないに違いない。だからどんなにマヌケなキャラのついたものでも、肌身離さず持ち歩き……。

「うわあ、会社で噂になっちゃう。いや、もっと深刻なことになりそう」

仕事一筋で、どこまでも優秀なエンツォ。その彼が持っているからには、会社の今後の事業展開に関係があるのかもしれない……社員達がそう誤解して大騒ぎになり、ツキッシーの調査のために大々的に動き出しそうだ。

「ウケ狙いはやっぱりやめて……そしたら、どんなのがいいかなあ？」

オレは言いながら、スケジュール帳のコーナーを歩く。さすが有名文房具店だけあって、膨大《ぼうだい》な数のスケジュール帳が置かれてる。

『恋人であるあなたからのプレゼントでしたら、それが小石一つだとしても、エンツォ様は一生大切になさると思うのですが』

アスティさんが言ってくれた言葉が、耳の奥に蘇《よみがえ》る。

彼の言うとおり、エンツォはオレが贈ったものなら、どんなに自分の趣味に合っていなくても、どんなに恥ずかしいものでも、きちんと大切にして、いつでも持ち歩いてくれるだろう。

……だからこそ、真剣に選ばなくちゃ。

オレは自分に言い聞かせ、エンツォに本当に似合いそうなものを探し始める。

エンツォは本社ではスーツ姿のはずだから、表紙の色は黒か紺か茶色。ただ年号が書いてあるだけじゃなくて、何か特徴的な模様が入っているといいんだけど……。

そういう基準で探すと……条件に合っているものが全然見つからなくなる。

「ううん……これは色が派手すぎるし、これじゃあシンプルすぎて個性がない……」

オレはさんざん迷いながら歩き……棚の一番端に差されている、一冊だけ色の違うスケジュールブックを見つける。

何かの予感を感じながら、それを棚からそっと引き出す。そして表紙を見て……。

「……あ……」

上品なブラウンの革表紙。そこには金色で、帆船の模様が印刷されている。月桂樹に囲まれた船の上には、王冠のマーク。

「……これだ……！」

オレはそれを見ながら、鼓動を速くする。

「コクインできますよ」

いきなり声が響いて、オレは驚いて振り返る。スケジュールブックを探すのに夢中で全然気づいていなかったけれど、そこには小さなテーブルが置かれていて、古びたエプロンを着けた小柄なおじいさんが座っていた。明るい店内に似合わないしかつめらしい顔と、もじゃもじゃの白髪。オレはふいに、ヴェネツィアにあるアンティークショップ『ヴィンチェンツォ』の店主を思い出す。だって、魔法使いみたいな雰囲気がそっくりで……。

「コク、イン？」

まるで呪文みたいなその言葉を、オレは思わず繰り返す。彼は難しい顔をしたまま、自分のテーブルに置かれた小さな札を示す。

「ええと……『手帳をプレゼントされる方、お相手の名前を刻印してみませんか？』……あ、刻印ですか！」

オレが言うと、彼は、何を言っているんだこの小僧は、という顔でオレを見る。

「それは恋人へのプレゼントでしょう？　それなら刻印したらどうです？　お客さんの頭文字と、お相手の頭文字」

とても丁寧なほかの店員さんとはまったく違う、なんだかぞんざいな口調。だけど見本として飾られている革の手帳には、上品な文字が綺麗に刻印されている。

「そしたら、お願いします。ええと……」

「刻印代は無料。レジでそれを買ったら、戻ってきてくださいよ」

「わ、わかりました。すぐ買ってきます」

オレは言い、慌《あわ》ててレジに向かう。それから、思わず微笑んでしまう。

……エンツォへのプレゼントを買う時って、どうして魔法使いみたいな人が現れるんだろう？

もともと、これを買う運命だったってことかな？

◆

「……で、その人に、この刻印をしてもらったんだ。『ヴィンチェンツォ』のオーナーにそっくりな人が魔法みたいに現れたから、本当にびっくりした」

オレは、スケジュールブックを見つめたまま動きを止めてしまったエンツォに言う。

その週の金曜日。エンツォは出張で東京に来て、オレをさらってくれた。湾岸のホテルにあるエンツォのスウィートルームで甘い夜を過ごしたオレは、次の朝、ベッドの中でエンツォにあのスケジュールブックを差し出したんだ。

「ああ……とても素敵なプレゼントだ。どうもありがとう、ミナト」

本当に嬉しそうな声で言われ、優しく微笑まれて、鼓動が速くなる。

「実は、エンツォが欲しがってるもの、秘書のアスティさんから教えてもらったんだ。前に使っていたスケジュールブックは、『プリンセス・オブ・ヴェネツィアII』の火災の時に燃えてしまったんだよね？」

エンツォは深いため息をついて、

「そうなんだ。あの時、スケジュールブックはブリッジではなくロイヤル・スウィートに置いたままにしてあった。あれが燃えてしまったのは、とても残念だ」

「そうだよね。上等の革を使ったものですごく高そうだったし、仕事の予定もたくさん書き込まれてただろうし……」

「そうではなくて」

エンツォはオレを真《ま》っ直《す》ぐに見つめて、真剣な顔で言う。

「あのノートには君の字が書かれていた。自分の誕生日やバスケットボールの試合の日、それにいろいろな楽しい言葉。それが燃えてしまったのが残念なんだ」

「それなら、このスケジュールブックにも、何か書いてあげる」

言うと、エンツォはオレを見つめて、

「本当に？」

「うん。あれに書いた以上に、たくさん。もしかして、あなたの予定を書き込めなくなるかもしれないよ？」

「それでもいい」

エンツォはなんだかやけに嬉しそうに微笑みながら言う。

「私のプライベートな時間を、君のことでいっぱいにしてしまいたい。会えない時にも、君のことを考えるために」

彼はどこもかしこも完璧で、見た目だってこんなに大人っぽいハンサム。だけどこんなことを言う時は、まるで純粋な少年みたい。

「お許しをいただいたから、いろいろ書いちゃうぞ！　まずはオレの誕生日！」

オレはエンツォが差し出してくれたペンを受け取り、思いつくままにいろいろなことを書き込んでいく。彼がこれを見て、オレのことをたくさん思い出してくれるように。

「そういえば……船から、一つだけ持ち出すことのできたものがあるんだ」

微笑みながらオレの手元を見ていたエンツォが、ふいに言う。

歴史ある豪華客船『プリンセス・オブ・ヴェネツィアⅡ』のブリッジは、エンツォや乗組員がリラックスして仕事ができるようにとの配慮か、隅々まで美しくしつらえられていた。見た目はシンプルで機能重視のブリッジだったけど、椅子にはきちんと最高級の革が張られていたし、壁には額に入れられた昔の海図や、海を描いた美しい絵が飾られていた。どちらもとても高価なものだと、エンツォのお父さんから聞いたことがある。

「あのブリッジにならす、すごいものが置かれていそうだよね。あなたが唯一持ち出したものがそれなら、きっとすごく貴重なものなんだよね？」

オレが言うと、エンツォは真面目な顔でうなずいて、

「ああ。私にとっては何物にも代《か》えがたい、とても貴重なものだ」

エンツォは手を伸ばし、ベッドの下に置かれていたアタッシェケースを持ち上げる。それを開いて、小さな革の袋を取り出す。

「機材が加熱しすぎて、エンジンキーは抜けなかったのだが……」

エンツォは言いながら、革の袋の口を開き、手の上でそれを逆さまにする。

「それ……！」

エンツォの手のひらの上に現れたものを見て、オレは本気で驚いてしまう。

「キーホルダーについてた、ねこまげ！」

それは着物を着てちょんまげを結《ゆ》った猫。まだ付き合い始めの頃、オレがエンツォにあげたもの。『日光大江戸《にっこうおおえど》ワンダー村《むら》』で買ったキャラクターグッズだ。

金具の部分が壊れ、猛火の中を生き残った証か、ねこまげの顔にはちょっとだけ煤《すす》の痕が黒くついている。だけど変形したりせずに、きちんと残っていて……。

「これが、唯一持ち出したもの？」

「エンジンキーの先で揺れているこれを見たら、たまらなくなった。どうしても置いていくことができずに、とっさに金具を引きちぎった」

エンツォは手のひらの上の小さなキャラクター人形を見下ろして言う。

「……それ、観光地で買った、すごく安いキーホルダーなのに……」

「値段は関係ない、これは、愛する君からのプレゼントだ。私にとっては何よりも大切なものなんだよ」

エンツォは少し煤のついたねこまげを、大切そうに撫でてから革の袋に戻す。オレの目の奥が強く痛み、視界がふわりと揺れる。

ブリッジに業火が迫る様子を、オレは救命艇から見た。もう脱出は不可能じゃないかと思うほど、その火の勢いはすさまじかった。だけどその中で、エンツォは船を守り、サンフランシスコ市民を守り、さらに……。

……ああ……なんて人だ……。

瞬きをした瞬間に滴《しずく》が弾けて、頰をあたたかな涙が滑り落ちる。

……普通の人なら、あの状況下で安いキーホルダーのことなんか思い出しもしないだろう。でも、彼はそうじゃなくて……。

「……ミナト？」

オレが泣いていることに気づいたのか、エンツォが驚いたように声を上げる。

「どうしたんだ？　あの時のことを思い出して、怖くなってしまったのか？」

とても心配そうに言う彼の身体に、オレは力いっぱいすがりついた。

「……エンツォ……！」

「大丈夫だ、ミナト」

エンツォがオレの身体をしっかりと抱き締め、大きな手で背中をそっと叩いてくれる。

「大丈夫だ、私はここにいるよ」

「……エンツォ……オレ……」

オレは彼の肩に顔を埋めながら、かすれた声で囁く。

「……怖いんじゃなくて、嬉しいんだ」

「え？」

「……あなたみたいな優しい人の恋人になれたことが、本当に嬉しいんだよ……」

「……ミナト……？」

エンツォは少し驚いたように言い、それからオレの髪にそっとキスをしてくれる。

「とても光栄だ。私こそ、君の恋人になれたことを、毎日神に感謝している」

驚いて顔を上げると、彼の美しい菫《すみれ》色の瞳が真っ直ぐにオレを見つめてくる。

「美しくて、強くて、そしてとても純粋だ。君はまるで、不純物をまったく含まない、世界に一つだけの宝石のようだ」

真摯《しんし》な声で囁かれ、胸が強く痛む。

「愛している、ミナト」

「……エンツォ……」

オレはまた涙を溢《あふ》れさせてしまいながら、心のすべてを込めて彼に囁く。

「……オレも、愛してる……」

彼のキスが、オレの頬を流れる涙をそっと吸い取ってくれる。そのまま唇が滑り、オレの唇にそっと重なってくる。

「……ん……」

『プリンセス・オブ・ヴェネツィアⅡ』が燃えてしまったあの夜、こんなに愛している彼と、もう二度と会えなくなるかと思った。オレは絶望に打ちひしがれ、世界のすべてが崩れ落ちたような気がした。でも、彼はこうして今もオレのそばにいて、こんなに優しいキスをしてくれて……。

「プレゼントをありがとう、ミナト」

キスの合間に、エンツォが囁く。

「大切にするよ」

「……うん。あなたが喜んでくれて、オレも嬉しい……」

「ミナト。あと一つ、欲しいものがあるんだが」

囁かれたエンツォの言葉に、オレは陶然《とうぜん》としながらうなずく。

「あなたがオレに頼みごとをするなんて、すごく珍しい。なんでも言って」

「『プリンセス・オブ・ヴェネツィアⅡ』のロイヤル・スウィートのベッドサイドに、写真立てがあっただろう?」

その言葉に、オレは思わず赤くなる。

「あ……あったけど……」

そこには世界中のいろいろな場所で撮った二人の思い出の写真が並んでいた。ほとんどが旅のスナップだけど、一部、恥ずかしい写真もあって……。

「あそこに並んでいた写真のデータが入ったメモリーカードを、コピーしたいからと言って日本に持っていってしまっただろう? プリントアウトしてまた飾りたいので、申し訳ないが、一度返してくれないか?」

その言葉に、オレはさらに真っ赤になってしまう。たしかにデータカードは持っていったし、もちろんそれは日本のオレの部屋にきちんと保管してある。だけど……。

「ええと、必要な写真だけ、オレがプリントアウトしてきてあげる。父さんの会社にある高画質のプリンターでなら、綺麗に印刷できるし……」

「必要な写真? あのカードに入っていた写真はすべて必要だが」

「い、いや、ちょっと待って!」

オレは慌てて、

「だって、あのメモリーカードには、オレの寝顔写真が入ってたよね? それは恥ずかしいからちょっと……」

「恥ずかしい？　だがどうしても必要だ」

エンツォがきっぱりと言う。

「会えない朝や夜、君の寝顔の写真にキスをして、『おはよう』や、『おやすみ』を言わなくてはいけない」

「うわあっ！」

オレは真っ赤になりながら、

「もう！　これからは、オレの寝顔写真を飾るの禁止！」

「どうしてそんなことを？」

エンツォが、ものすごく驚いた顔で言う。

「写真にキスしてるって言ってたけど、冗談だと思ってた！　本当にキスしてるなら、寝顔写真を飾るの禁止！」

「なんて悪い子だ」

エンツォが言って、オレの身体をいきなりベッドの上に押し倒す。

「そんなことを言うと、もっと恥ずかしい写真を撮って、それを枕元に飾るよ？」

「そんな……！」

「ともかく、そんなワガママを言う悪い子は、きちんとしつけ直さなくては」

エンツォは言い、オレの身体を覆っていたシーツをあっさりと剝がしてしまう。

「……わぁっ！」

一糸まとわぬ姿のオレに、裸のエンツォがのしかかってくる。

「君が言うことを聞くまで、このままお仕置きだ。……いいね？」

彼が囁いて顔を下ろし、オレの乳首の先にチュッと音を立ててキスをする。

「……あぁっ……！」

彼の手が、オレの中心を包み込む。リズミカルに扱《しご》かれて、屹立が硬く反り返る。

「……あ、ダメ……ダメだよ……！」

昨夜、彼の熱をたっぷりと受け止めた蕾が、もっと、というように甘く震える。

「愛している、ミナト。今すぐ抱きたい」

熱く囁かれて、心まで蕩けそう。

オレは目を閉じ、彼の愛撫に呼吸を速くしながら、必死で囁き返す。

「愛してる、エンツォ。……抱いて」

オレの恋人は、ハンサムで、イジワルで、そしてこんなふうに本当にセクシーなんだ。

END.

KoTo

豪華客船の船長であるエンツォと日本で大学に通っている湊は、いつもは遠距離恋愛。
エンツォは多忙な職務の合間を縫って、湊に会いに来て…！

倉原湊

わが家のリビングに鎮座《ちんざ》した薄型テレビ。部屋が狭いからたいした大きさではないんだけど、以前よりもずっと画質がよくなった。画面には京都の有名なお寺、そして美しい紅葉《こうよう》が大写しになっている。お馴染《なじ》みのＣＭソングをバックに映し出された『さあ、京都に行こう』の文字を見て、オレは陶然とする。

……ああ、エンツォと一緒にこんな紅葉を見られたら、どんなに素敵だろう……？

「綺麗！　京都行きた～い！」

ソファの隣に座っていた妹の渚《なぎさ》が言う。

「お兄ちゃんはいいよね～。エンツォさんっていう素敵な恋人がいて。エンツォさんなら完璧にエスコートしてくれそう！」

「あ～うん、でも……」

オレは小さくため息をついて、つい言ってしまう。

「エンツォは忙しいし、いつも遠くにいるしなあ」

「あ、ごめん、お兄ちゃん。エンツォさんとは遠距離恋愛だから、きっと寂しいよね」

渚が急に申し訳なさそうな顔になって、オレの顔を覗き込んでくる。

……うわあ、妹にも気を遣わせちゃうなんて、兄として失格だぞ！

「謝るなってば！　……それなら、オレが連れていってあげようか、京都？」

「本当に？　いついつ？　早くしないと、紅葉が終わっちゃうよ？」

「ああ……ええと……来年、かな？　今月はバスケの試合がたくさんあったから、バイトがほとんどできなくて、めちゃくちゃ金欠で……」

渚は怒ったように、

「もういいよ！　いつか素敵な恋人を作って、一緒に行くもん！」

言って、頬を膨らませたままリビングを出ていってしまう。

……ああ、怒らせちゃった。オレってつくづくダメな兄貴だ……。

オレの名前は倉原湊。東京にある私立聖北大学に通ってる。ごくごく平凡な学生だけど、一つだけ、ほかの人と違うところがある。オレには……親公認の男の恋人がいるんだよね。

渚が言っていたエンツォという名前の人が、オレの恋人。正式名はエンツォ・フランチェスコ・バルジーニ。イタリアの大富豪バルジーニ家の次期総帥で、世界的な海運会社バルジーニ海運の取締役。さらに昔からの夢を叶えて豪華客船『プリンセス・オブ・ヴェネツィアII』の船長も務めている。

彼はほとんどの時間を『プリンセス・オブ・ヴェネツィアII』の上で過ごし、そのほかの時間には取締役としての仕事もする。とんでもなく忙しいはずなのに、いつもオレのことを気にかけてくれてる優しい人。だから、不満なんかもちろん何もない……はずなんだけど……。

短いニュース番組が終わって、さっきと同じＣＭが流れる。美しい紅葉に囲まれたエンツォと自分を想像し……なんだかちょっと泣きそうになる。

……恋人と会えないくらいでこんなに寂しくなるなんて、オレ、男としても情けなさすぎるかもしれない。

プルル！

ローテーブルに置いてあったスマートフォンが振動する。オレは手を伸ばしてそれを取り上げ、液晶画面を見下ろして……。

「……あっ」

そこに表示されていた『エンツォ』の文字を見て、オレの心臓が跳ね上がる。

エンツォが乗っている『プリンセス・オブ・ヴェネツィアⅡ』は、今はエーゲ海上にいるはず。だから距離はとても遠いんだけど……声を聞けるだけで、こんなに嬉しい。

オレは落ち着こうと深呼吸をしてから、通話をオンにする。

『……ミナト』

聞こえてきたのは、うっとりするような美声。低くてよく響く、エンツォの声。その声を聞くだけで、オレの胸はいつも甘く痛んでしまうんだ。

『ミナト？』

不思議そうに言われて、聞き惚れてしまっていたオレはハッと我に返る。

「あ、ごめん！　ちょっとぼんやりしてた！」

電話の向こうのエンツォが少し心配そうな声になって、

『大丈夫？　昨日のバスケットボールの試合の疲れが、まだ残っている？』

「あ、それはない！　オレ、ちゃんと鍛《きた》えてるし！　それに昨夜も電話で話したけど……試合は圧勝だったしね！」

オレが言うと、エンツォは安心したようにクスリと笑って、

『それならよかった。……君に一つ、頼みたいことがあるんだ』

「何？　なんでも言って！」

『実は今、急な会議で東京にいるんだ』

彼の言葉に、オレの鼓動が一気に速くなる。

「本当に？　すごく遠くにいるかと思ったのに……あなたが近くにいるの、なんだか嬉しいよ。あ、もちろん忙しいのはわかってるから、会いたいとかワガママは言わないからね！」

オレが必死で強がりながら言うと、エンツォは優しい声で小さく笑って、

『いや……最速で仕事を終わらせたので、今日の午後は時間が空いてしまったんだ。もしも君がよければ、これから会わないか？』

その言葉が、オレの鼓動をさらに速くする。エンツォと会えると思っただけで、天にも昇りそ

うなほど嬉しい。

「本当に？　あなたに会えるの？」

言った声が、微《かす》かに震えてしまう。

……ああ、これじゃあ、まるで泣きそうなのを我慢してるみたいじゃないか。

『君にもしも先約がなければ、だが』

「もちろん先約なんかないよ！　今週末は家でゴロゴロしようと思ってたから、今日も明日も、全部空いてる！」

オレは思わず叫んでしまい……それから一人で赤くなる。

「あ、ごめん。つい興奮しちゃって」

エンツォは優しく笑って、

『君に先約がなくてホッとした。別の男とのデートの予定が入っていたらどうしようかと思った』

「そんなこと、あるわけない。オレは……」

オレは言いかけ、慌てて声を落とす。

「……あなただけのものだって、いつも言ってるだろ？」

『いい子だ、ミナト』

エンツォの声が、ふいにセクシーになる。このまま話していたら、なんだか身体が火照《ほて》ってしまいそう。

……家のリビングで、真昼間から発情したら、ものすごくヤバイってば！

「え、ええと……っ」

オレは慌てて咳払いをして、

「どこに、何時に行けばいいの？　あなたがいるところのそばまで行くよ」

『東京ステーションホテルのロビーラウンジにいる。今からここまで来られる？』

「もちろん。東京駅なら二十分で行ける。ちょっとだけ待ってて！」

オレは言って電話を切り、部屋を飛び出したんだ。

◆

「ええと……こっちだよね？」

東京ステーションホテル。オレはキョロキョロしながら廊下を歩き、エンツォが言っていたラウンジを見つける。モダンなモノトーンの絨毯《じゅうたん》、シックなグレイのソファ。格調高い内装にちょっと怯《おび》えながら足を踏み入れ、近寄ってきたウエイターに待ち合わせだと告げる。ウエイターのあとに続いて、店の奥にあるソファに向かう。

ダークスーツに身を包んだ大柄なSP達が、手前のソファに座ってほかのお客さんとの間に壁を作っている。一番奥のこっちを向いているソファに、背の高い男性が座っている。

……あ……。

彼の姿を見ただけで、心臓が壊れそうなほど鼓動が速くなる。

書類を読んでいた彼が、ゆっくりと目を上げる。美しい菫色の瞳が、真っ直ぐにオレを見つめる。まるで包み込まれるようなその視線に、全身がゆっくりと熱くなる。

逞《たくま》しい身体を包むのは、最高級のイタリアンスーツ。皺《しわ》一つなく整えられた白いワイシャツ、彼の瞳と同じ紫色を含んだレジメンタルタイが、すごくお洒落だ。

艶のある漆黒の髪、陽に灼けた滑らかな頬。意志の強そうな眉とすっと通った鼻筋。イタリアの歴史ある血筋を感じさせる、見とれるほど高貴な美貌だ。

オレを見つめる彼の唇に、ふわりとあたたかな笑みが浮かぶ。

……エンツォ……。

彼はソファから立ち上がり、オレを見つめたままゆっくりとこっちに歩いてくる。オレを案内してくれていたウエイターにうなずいて見せ、それからオレに手を差し伸べる。

「ミナト」

なめし革のように滑らかな肌と長い指を持つ美しい手に、オレは思わず見とれてしまう。オレの手が操《あやつ》られるように勝手に上がり、彼の手に重なろうとする。だけど指先が触れるだけで身体が震えてしまい……オレは慌てて手を引こうとして……。

彼の大きな手が、オレの手をしっかりと包み込む。会えない間ずっと切望していたその体温を感じるだけで、頬が燃え上がりそうなほど熱くなる。

「……あ……」

キュッと強く手を握り締められて、オレの唇から、ため息のような声が漏れる。その声がやけに甘くて……ものすごく恥ずかしくなる。

「会いたかった、ミナト」

セクシーな声で囁かれ、オレはすべてを忘れそうになり……ハッと我に返る。慌てて見渡すと、ラウンジにいる人達みんなが、オレとエンツォに注目していた。

……うわあ、エンツォは並外れたハンサムだから、ただでさえ目立つのに……！

「オ、オレも会いたかったよっ！　久しぶりだしねっ！」

オレは照れ隠しに叫び、彼の手の中から自分の手を引き抜く。

「それに、こんなにお洒落なところでお茶ができるなんて……」

「残念ながら、お茶はもう少しお預けだ」

エンツォが、控えていたＳＰ達をちらりと振り返る。彼らはうなずいて立ち上がり、オレ達を守るようにさりげなく取り囲む。エンツォが店の入り口に向かって歩き出すと、支配人らしき男性が近寄ってきて、丁寧に礼をする。どうやら会計は済んでいる……というか、エンツォとは顔見知りみたいだ。

「えっ、別のカフェに移動するの？」

「移動はするけれど、カフェに行くわけではない。……新幹線の席が取れた」

エンツォが内ポケットからチケットを取り出し、オレに一枚渡す。オレはそれに目を落として
……。

「京都っ？」

チケットに印刷されている行き先を見て、オレは思わず声を上げてしまう。エンツォは、

「東京では、いろいろな場所に美しい紅葉のポスターが貼ってある。それを見ていたら、どうしても君と一緒に京都に行きたくなってしまった」

その言葉に、オレは驚く。

「もしかして、『さあ、京都に行こう』っていうポスター？　京都のお寺が写ってる」

「ああ、多分それだ」

「同じＣＭが、よくテレビで流れてる。さっきそれを観て、『すごく京都に行きたい！』って思ったところだったんだ」

エンツォは驚いた顔をし、それからとても優しく微笑んでくれる。

「君と同じことを思っていたなんて……とても嬉しい」

「嬉しいのは、オレの方だってば」

きっと赤くなっているであろう頬をごまかすために、オレはうつむく。

「あなたと一緒にこんな綺麗な紅葉を見てみたいって、すごく思ったんだ」

「……ミナト」

エンツォの手がオレの肩をさりげなく引き寄せる。オレの耳に口を寄せ、低く囁く。

「……こんなところでそんなことを言われたら、キスを我慢できなくなりそうだ」

……ああ、どうしよう？　オレも我慢できなくなりそうだよ……。

エンツォ・フランチェスコ・バルジーニ

「……すっごい……」

湊が周囲を見渡して、陶然とした声で言う。

「……紅葉が、こんなに綺麗だなんて……！」

私と湊は、京都の清水寺《きよみずでら》にいた。日は暮れて周囲の山々は闇に包まれているが、紅葉と清水寺は眩くライトアップされ、舞台のセットに紛れ込んでしまったかのようだ。

周囲は紅葉見物の観光客でいっぱいで、警護をしてくれているＳＰ達には申し訳ない。だが、私はどうしても湊と一緒にこの雰囲気を楽しみたかった。

「中学校の修学旅行で来たことがあるんだけど……その時とは、全然印象が違うよ」

人波に乗ってゆっくりと歩きながら、湊が言う。

「あの時は、ただ、大きいお寺だなあ、とか、なんでこんな高い場所に建ってるんだろう、とかしか思わなかった。でもこうして見ると……」

湊は闇の中に浮かび上がる巨大な仁王門《におうもん》を見上げながら言う。

「……たくさんの人達が信仰しているものって、やっぱりすごいんだな、と思うよ。……うわ、門の中に仁王様がいる！　ものすごく大きい！」

「たしかにこれは京都でも最大級の仁王像だ。右側のアギョウのものが『ナラエンケンゴオウ』、左側のウンギョウのものが『ミッシャクコンゴウリキシ』だ」

「えっ」

湊が、驚いた顔で私を見上げてくる。

「仁王様にも、ちゃんと名前があるんだ？」

「名前というより、役職名ではないかな？」

私の言葉に、湊が感心したようにうなずく。

「あはは、そうかも。……じゃあ、建物の名前とかも知ってる？」

「この先にあるのが『サイモン』、左に『ショウロウ』、その先が『サンジュウノトウ』、『キョウドウ』、『カイザンドウ』。すべて重要文化財だったはずだ」

「さすがに綺麗だし、格好いいよね。……っていうか、それを知ってるところがすごい」

私と湊は人に押されるようにしながら、参道を進んでいく。ライトアップされた美しい建築物を堪能《たんのう》し、幾つもの堂を巡る。湊がうっとりした声で呟く。

「……わあ……すごい……」

堂内に明かりはほとんどなく、暗闇に沈んでいる。祭壇に灯《とも》された蠟燭《ろうそく》の光だけに照らされた金色の観音像が、本当に神秘的だ。二百二十二年ぶりに開帳されたというそれは梵字が書かれた光背を持ち、八本の手に法具を持った独特の姿をしている。湊はその前で立ち止まり、斜めがけにしていたメッセンジャーバックから財布を出す。そして、そこから小銭を二枚取り出す。

「はい、手を出して」

私の手のひらに、湊がコインを載せてくれる。穴の空いた日本のコイン。五円玉だ。

「正式にはどうするのかわからないけど……とりあえず、ご縁がありますようにってことで、お賽銭《さいせん》箱にこの五円玉を入れて。それから……」

湊は賽銭箱にコインを入れて礼をし、両手を合わせて目を閉じる。

「……こうやって願い事をお祈りするんだよ」

言って、そのままの姿勢で静止する。私は湊を真似てコインを賽銭箱に入れ、そして『湊とずっと一緒にいられますように』という願いを心の中で唱《とな》える。

たくさんの観光客がいるにもかかわらず、堂内は不思議な静寂に包まれている。自分の中にわずかに流れている日本人の血のせいか、この静けさがとても好ましい。

湊は私よりも長く祈り、それから目を開ける。私が見つめていることに気づいて笑う。

「いろんなことをお祈りしちゃった。バスケットの試合で次も勝てますように、とか、家族や友達がみんな健康で幸せでありますように、とか。あと……」

彼は言葉を切り、ふいに目を伏せる。

「……あなたと、ずっと一緒にいられますように、とか」

湊の長い睫毛《まつげ》が、照れたように速く瞬く。

「私も同じことを願っていた」

私が言うと、湊は驚いたように顔を上げる。

「ほんとに？」

「ああ。私にとって、一番の願いはそれだから」

言うと、彼はさらに照れたような顔になり、それからふいに私の手を握る。

「次は清水《きよみず》の舞台《ぶたい》に行こう」

私から手を握ることは多くても、彼から握ってくれることは本当に珍しい。私は彼に手を引かれて空に向かって張り出すように見える、広い舞台へと向かう。彼の手のひらの柔らかな感触に、胸がずきりと甘く痛む。

「ここって、手すりに向かって傾斜してるんだよね。落ちそうな気がしない？」

湊が言いながら左手を手すりにかけ、下を覗《のぞ》き込む。

「わー、何これ！　ものすごく怖い！」

怖そうに言い、私の手をキュッと強く握り締める。

「これは少し怖いな。だが……」

私は彼の手をそっと握り返しながら言う。

「……ここからの景色は、とても美しい」

湊が驚いたように私の顔を見上げ、それからふいに微笑む。

「うん、そうだね」

彼は私の手を握ったまま、舞台から見下ろせる山々を見つめる。ライトアップされた真紅の紅葉はまるで燃え上がる炎のようで、とても迫力がある。

「これ、あなたと一緒に見たかったんだ」

湊が、紅葉を見つめながら言う。

「そして、日本が素敵だってこと、あなたに知ってほしかった」

陶然とした声で囁き、それからふいに私を見上げる。

「……と思ったけど、あなたの方が、日本のことをよく知っていそうだ」

「日本の仏教建築や仏像は、とても美しい。ヴェネツィアにあるバルジーニ家のライブラリーには、それに関する資料がたくさん揃えられているよ」

「うわ、だから詳しいんだ？」

「遠い国から憧《あこが》れていただけなので、私の知識など、ほんの付け焼刃《つけやきば》程度だけどね。……亡くなった祖母が日本人だったこともあって、日本には不思議な親近感を感じているんだ。今回の旅で、ますます好きになれそうだ」

私の言葉に、湊は本当に嬉しそうに微笑む。

「オレも、日本を好きになれそう。……っていうか、日本人のオレが母国のことを全然知らないって問題だよなあ。もっと勉強しなきゃ」

「勉強熱心ないい子だ。神代寺《じんだいじ》先生にもそう伝えておこう」

私が彼の家庭教師の名前を出すと、湊が頭を抱える。

「うわあ、先生に出された課題を思い出した。今夜は徹夜でやらなきゃダメかも」

……せっかくの二人きりの旅行に、そんなことはもちろん許せない。

倉原湊

エンツォが連れてきてくれたのは、深い山中にある旅館だった。観光ガイドで見たことがない場所なので、きっと知る人ぞ知る隠れ家的な宿なんだろう。

オレ達の部屋は、広い庭の奥にある純和風の離れだった。美しい木材を使って作られた床《とこ》の間《ま》、飾られている掛け軸は墨で描かれた清水寺。その下に置かれた一輪挿しには、紅葉《もみじ》の枝が飾られている。

リビングにあたる広い和室には掘りごたつが切られていて、広々とした縁側には専用の露天風呂がある。いかにも歴史のありそうな内装と最新の設備のバランスがいい感じで、すごく居心地がいい。

オレとエンツォは用意されたとても美味《おい》しい会席料理を味わい、お茶を飲んでくつろいでいる。せわしなく仲居さんが出入りしたりしないところが、いかにも高級旅館って感じ。だけど二人きりでいると……。

「ええと、ここって、大浴場ってあるのかな？」

オレはどうしてもそわそわしてしまいながら、置いてあった旅館のパンフレットをめくる。

「ほかの人と一緒が嫌なら、貸切にもできるんじゃないかな？　露天風呂がいいなあ。オレは別に、ほかの人がいてもいいけど……あ……っ」

エンツォが、オレの手からそっとパンフレットを取り上げる。

「さっきから目を合わせてくれないけれど、どうして？」

言われて目を上げると、エンツォの菫色の瞳が真っ直ぐにオレを見つめていた。

「……あ……っ」

鼓動が速くなり、オレは思わず彼から目をそらしてしまう。

オレ達は部屋に到着してすぐに内風呂でシャワーを浴び、くつろげる浴衣《ゆかた》に着替えた。エンツォが着ているのは渋い濃灰色の浴衣。帯は銀鼠《ぎんねず》色だ。スタイルがいいからめちゃくちゃ似合ってて、なんだかやけにセクシーで……さっきからどうしても正視できない。

「いや、なんか……」

オレは頬が熱くなるのを感じながら言う。

「……二人でいると、ちょっと照れるよね」

「恋人同士なのに?」

座卓の向こうでエンツォが立ち上がり、オレの隣に座り直す。あっと思った時には、畳の上に仰向《あおむ》けに押し倒されていた。

見下ろされるだけで、鼓動がどんどん速くなる。いつもと違うシチュエーションで、なんだかすごく緊張してる。

「……浴衣姿の君はとても美しい。今すぐに抱きたい」

真摯な声で囁かれて、身体がジワリと熱を上げる。

「……せっかく、温泉があるのに?　部屋にも露天風呂があるよ?」

照れ隠しに言うと、エンツォはすごくセクシーな顔でクスリと笑う。

「温泉には、明日たっぷり入ろう。今夜は……」

彼は身をかがめ、オレの耳に囁きを吹き込む。

「……君がそばにいることを、確かめさせてほしい。今でもまだ、夢を見ているようなんだ」

そのまま耳たぶにキスをされて、身体が甘く痺れてしまう。

「……あ……」

エンツォの端麗《たんれい》な美貌が近づいて、オレは思わず目を閉じる。彼の見かけよりも柔らかい唇が、オレの唇にそっとキスをする。

「……ン……」

優しいキスに、胸が熱くなる。

「……あんな綺麗なものを見て、こんな素敵なところで二人きりで……」

オレの唇から、かすれた囁きが漏れる。

「……オレもまだ、夢を見てるみたい」

「それなら、しっかりと抱き合って、夢でないことを確かめ合おう」

エンツォが囁いて、オレの身体を強く抱き締める。繰り返される甘いキスに、このまま とろとろに蕩けてしまいそう。

オレの恋人は、ハンサムで、優しくて……そして、本当にセクシーなんだ。

END.

Nuit d'amour〜恋の夜〜

「豪華客船で恋は始まる12　上・下」の後日談。
都会の中の小さな海と夜空に抱かれて…！

倉原湊

「わああ、ペンギンがいっぱい！」

オレはペンギンプールを見渡しながら言う。

「しかも、空を飛んでる！」

オレは、池袋《いけぶくろ》にあるサンシャイン水族館に来ている。この間まで豪華客船『プリンセス・オブ・ヴェネツィアⅡ』のクルーズで南極にいたから、馴染みのある日本で恋人とデートしてるなんて、なんだか不思議な感じだ。

オレの名前は倉原湊。日本の大学に通うごくごく普通の学生。そしてオレの隣にいるのは、エンツォ・フランチェスコ・バルジーニ。大富豪バルジーニ家の次期総帥で、バルジーニ海運の本社取締役。それだけじゃなく、昔からの夢を叶えて豪華客船『プリンセス・オブ・ヴェネツィアⅡ』の船長にもなってしまった。自家用ジェットと自家用ヘリを使って世界中を飛び回る、超多忙なエリート。しかも逞しい身体と、見とれるほどハンサムな顔を持つ……まるで夢の中の王子様そのものの存在だ。

自分に親公認の男性の恋人ができちゃったことだけでも驚くのに、こんなすごい人と恋人同士だなんて……自分でも未だに信じられない。

オレとエンツォは、南極でふわふわの赤ちゃんペンギンに囲まれるという貴重な体験をした。彼らは皇帝ペンギンの赤ちゃんだったから日本でも見たいと思って探したんだけど……実は日本では皇帝ペンギンの飼育場所は少なくて、名古屋《なごや》とか和歌山とか、うちから遠い場所にしかいなかった。本当は行ってみたかったけれど、今回はエンツォの日本支社への出張に合わせて、二日間の休みしか取れなかった。だから旅行は次の機会にして、都内でのデートになったんだ。

ここにいるのは、ケープペンギン。南アフリカの沿岸部、あったかい場所に住んでいるペンギンだ。白と黒の燕尾服みたいな模様と、胸元にある黒いラインが特徴。

南極で見た皇帝ペンギンはオレの胸元くらいまでありそうなほど大きかったけど、ケープペンギンは大人でもだいたい七十センチくらい。ちょこちょこしていて可愛い。

サンシャイン水族館は寒い時期は六時で閉館してしまうけど、春から夏にかけては九時まで開いている。昼間は子供達でいっぱいなんだろうけど……夕暮れ時の今は、仕事帰りのサラリーマンやOLさんらしきカップルが増えてきている。なんだか大人の雰囲気だ。

「こういう展示方法は、なかなか新しいな」

エンツォが、上を見上げながら微笑む。

「『プリンセス・オブ・ヴェネツィアⅡ』の水族館でも、いろいろな展示方法を取り入れたら楽しいかもしれないね」

サンシャイン水族館は、ビルの屋上のオープンスペースにも、水辺に棲《す》む動物が展示されている。コツメカワウソがくつろいでいてめちゃくちゃ可愛い。そしてアシカのショーが行われるステージのそばには、大きなドーナツ型をしたアクリルのプールがあるんだけど……それはなんと頭上に設置されていて、そこを泳ぐ動物の姿を、下から見上げることができるんだ。しかもここは池袋だから、プールを楽しげに泳ぐペンギンのバックに見えるのは青空に煌めく高層ビル。なかなか見られない貴重な風景だ。

「頭上を泳ぐペンギンの姿って、楽しいよね。……そういえば、南極で氷の海のダイビングをした時、ペンギンも見られた?」

オレの言葉に、エンツォがうなずく。

「たくさんのペンギンが泳いでいた。すごい迫力だったたよ。さらに、とても珍しいミナミオンデンザメの映像も撮れた。コクトー博士によれば高画質では世界初だそうだ」

「いいなあ……その時の映像、すごく観たいけど……」

オレは、南極で起きた大きな事件を思い出す。それもあって、あの時の映像が観たいな、なんてお気楽なことは、なかなか言い出せなくなっちゃってたんだけど……。

「南極で撮った映像データを集めて、コクトー博士がＤＶＤに編集してくれた」

エンツォの言葉に、オレは少し驚いてしまう。

「本当に?」

「先週、ヴェネツィア大学で南極に関する特別講義をしたらしくて、その帰りにバルジーニ海運の本社までわざわざ届けに来てくれた。なぜかブルーノ叔父さんまでが、SPよろしくついてきたけれど」

コクトー博士っていうのは、有名な海洋学者のアルベール・コクトーさんのこと。今回も南極の調査で『プリンセス・オブ・ヴェネツィアⅡ』に乗船していた。そしてブルーノさんっていうのはエンツォの実の叔父さん。こっちは有名な動物学者で、彼も今回の南極クルーズに同乗していたんだ。

南極で起きたあの事件では、あの二人もすごく大変な思いをした。だから何か心に傷が残っていないか、心配していたんだけど……。

「コクトー博士は、ミナトの分だと言って、ＤＶＤを二枚渡してくれた。自分はもうすっかり元気で仕事にも戻っているから心配しないで、とも言っていたよ」

「アルベールさん……」

その言葉に、胸が熱くなる。

「うん、ぜひ観せてもらう。そしてアルベールさんに感想の電話しなきゃ。あの人は世界中を駆け回っているから、今はどこにいるかわからないけど……」

「来週まではヴェネツィアにいると聞いた。大変な思いをしたパヴァロッティ博士を元気づけるのと、南極で収集した氷底湖の微生物を分析する仕事があるから、とのことだった。……ヴェネツィアにいる間は叔父のマンションにいるそうだ」

「えええっ！」

オレは最後に付け足された言葉に、ものすごく驚く。

「ブルーノさんが、『クールなアルベールはどんなに誘っても自分のマンションに来てくれずに、ホテルをとってしまう』ってぼやいてたんだけど……あの二人、ついに……？」

オレは、ちょっとドキドキしてしまうけど……。

「コクトー博士は、『予算を研究費につぎ込みすぎました。不本意です』と不満そうだった。夜も作業を続けるので、研究室の助手と学生達が一緒に転がり込んでいるそうだ」

「そうなんだ……。ブルーノさんがちょっと可哀想《かわいそう》なような、でも相変わらずの二人に安心するような……」

オレが言うと、エンツォが苦笑して、

「まあ、彼らは彼らで適当にやるだろう。それよりも」

エンツォはオレの顔を横目でちらりと見て、

「君は、君の恋人のことを考えた方がいいと思うよ？」

「そうだった。オレ、デート中だった」

オレは、ちょっとだけ拗《す》ねたように聴こえたエンツォの言葉に笑ってしまいながら言う。

「ここには見所がまだまだある！　デートを続けよう！」

エンツォ・フランチェスコ・バルジーニ

「コツメカワウソ、めちゃくちゃ可愛かった！　カリフォルニア・アシカは賢かったなあ！　あと、チンアナゴとリーフィー・シードラゴンもすごく好きなんだ！　ちょっとユーモラスで！」

湊が、はしゃぎながら言う。時間が遅いせいか、人もだんだん減ってきた。

都会の水族館の夜は想像以上に落ち着ける雰囲気で、私は湊との久々の逢瀬《おうせ》を堪能している。

「あと、あそこがオレの一番のお気に入りポイント」

夢中になった湊は、いつの間にか私の手をしっかりと握っている。いつもは人前での接触を恥ずかしがる彼が、こんなに夢中になっているのが微笑ましい。そして滑らかな手のひらから伝わってくるあたたかさが愛おしい。

「見て。二人で潜《もぐ》った、南の海みたいじゃない？」

曲がった通路を抜けた場所には、驚くような光景が広がっていた。明るさをギリギリまで落とされた通路に、ひときわ眩しく浮かび上がる巨大な水槽。まるで南の島で見たあの海を切り取って、持ってきてしまったかのようだ。

美しい白い砂、透き通る水の中にはキラキラと鱗《うろこ》を光らせる熱帯魚達。その中を巨大なマダラトビエイが悠々と泳いでいる。よく見ると、岩の上の珊瑚《さんご》は作り物ではなく、本物の造礁《ぞうしょう》珊瑚だ。海水に住むプランクトンを食べて育つこの種類の珊瑚を太陽光の入らない場所で生育するのは、そうとう難しいと船の水族館のスタッフから聞いている。ここがビルの高層階であることを考えると、この水槽を作り上げるのはかなり大変だっただろう。

「たしかに、とても綺麗だ。君とのダイビングを思い出す」

私は胸を熱くしながら言う。

「あれがヒョウモン・オトメエイ、あれがマダラトビエイ、あれがナルトビエイ……だよね？　オレ、トビエイの仲間も好き。鼻がワンコみたいに尖ってて可愛いし」

湊が、右手で魚達を指差しながら名前を確認する。左手は私の手をキュッと握ったままなのが、ますます可愛い。

「ここのドクウツボとニセゴイシウツボは、すごくシャイなんだ。いっつもここに隠れてるんだけど……うわ！」

ガラスのすぐ近くにある岩の間から、とても大きなニセゴイシウツボが顔を出す。湊は驚いた声を上げて後ずさってから、苦笑する。

「顔は怖いけどお洒落だよね。あと飼育員さんの餌やりの時は出てくるんだ。人懐こいところもあるのかな？」

「私は経験がないが……懐いたという例も聞いている。うまく餌付けできると犬のように顔を擦り寄せてくるらしい」

「それってうらやましい！　オレもやってみたいなあ。　あ、この魚ってなんだっけ？　見覚えはあるんだけど……」

湊が水槽の上を見上げて、魚の名前を確認している。

ダイビングにはいろいろな楽しみ方があって、撮影することに熱中するダイバーもいるし、宇宙空間に浮いているような不思議な感覚を堪能するダイバーもいる。湊の場合は目に入るすべての生き物の身体の形や色を緻密に観察する。知らなかった生き物はきちんと調べ、その生態や習性を記憶する。「あそこにこの魚がいたね」という彼の言葉は、物心ついた頃から海に潜ってきた私でも驚くほど正確だ。

私が彼に紹介した家庭教師の神代寺先生は、世界中の大富豪の御曹司《おんぞうし》を一流大学に放り込んできたベテランだ。気難しい彼はめったに生徒を褒めたりしないが……実は湊のことがとても気に入っている。そして湊のいない場所では「語学のセンスがある」「情報が正確で、レベルの高いレポートを書く」「自分を卑下《ひげ》しているが、記憶力はかなりのもの」とベタ褒めだ。「まだまだ子供で甘やかすとロクなことにはならない。湊には絶対に言うな」と釘を刺されているので、秘密にしているが。

「そしてそして、あそこにいるのがこの水槽の主役だよ！」

湊が指差した方向を見て、私は驚いてしまう。

「シノノメ・サカタザメが飼育されているのか。驚いたな」

悠々と近づいてくるのは、とても珍しい形をした魚。頭は平たい四角形でまさにエイという雰囲気だが、エイの長い尾の代わりに、鮫《さめ》にそっくりなひれを持つ身体がついている。日本語名にはサメとついているが、実はエイの仲間だ。

「日本の水族館では飼育が盛んだと聞いたことがあるが、人工繁殖はとても難しいはず。これは国によっては準絶滅危惧種にも指定されているという希少な魚だ。見られて嬉しいよ」

私の言葉に、写真を撮っていた湊が驚いた顔をする。

「そうなの？」

「ああ。しかもこれはまだ小さ目だが、最大では三メートル近くなる。成長が楽しみだね」

私の言葉に、湊が勢いよくうなずく。

「うん、オレ、一人の時にもたまに来て、こいつの成長をちゃんとチェックしておく！　あ、ここ、ベンチになってるんだよ。座ってゆっくり観察したいな」

湊が言って、水槽の前の階段状になった場所を指差す。

「一日何回か、ウエットスーツを着た飼育員さんが水槽に入って餌やりの実演をする。その時にはすごく混むんだ。だからゆっくり見られないけど……もう誰もいない」

周囲を見渡して、楽しそうに微笑む。

「貸し切りだ。なんだか嬉しい」

少年のように無邪気に微笑まれて、胸が甘く痛む。私は湊と並んで座り、美しい水槽の景色を堪能する。

「こんなチャンス。なかなか……あっ」

湊は、私の手を握り締めたままだったことに気づいたようだ。

「ごめんなさい、オレ、夢中で……！」

頬を染めながら言い、手を離そうとして……。

「今は貸し切りだ。誰も見ていないよ」

私は言って、彼の手を捕まえる。そのままそっと握ると、彼が頬を染めて息をのむ。

「とても落ち着く。素敵なデートスポットだ」

彼の耳に口を近づけて囁く。湊は身体を震わせてから、

「お気に入りの場所に、あなたを案内できて嬉しい……」

語尾が、恥ずかしげにかすれている。いつもはやんちゃな少年のようなのに、こんな声を出すとやけに色っぽい。

湊の指がそっと動き、私の手を握り返してくれる。その可愛らしさに胸が熱くなる。

本当に二人きりなら、このまま抱き締めてしまいたい。だが、そうもいかないようだ。

楽しげにはしゃぎながら近づいてくる女性グループがいることに気づいて、心の中で苦笑する。

湊もその存在に気づいたのか、さりげなく私の手を離す。

「きゃ〜、熱帯魚じゃな〜い？」

「きれい〜！」

「かわいい〜！」

女性グループが、私達の見ている水槽に近づいてくる。そのうちの一人が、湊と私を見て驚いた顔をする。ほかの二人に何かを囁き、二人も私達をチラチラと横目で盗み見ながら何かを囁き返している。三人とも頬を染めているところを見ると、湊の麗しさに見とれているだけだと思うが……。

湊がその視線に気づいたのか、居心地が悪そうに身じろぎをして、硬い表情で立ち上がる。

『水族館の隣には、プラネタリウムもあるんだ。ちょうど南極の星特集をやってるから、行ってみようよ』

さっきまで日本語で会話していた湊が、ふいにイタリア語で言う。私は不思議に思うが……ふと気づく。きっと湊は、外国人である私のガイドをしているように見せたいのだろう。デートをする恋人同士ではなく。

……やはり、男の恋人がいるというのは、日本人の湊にとっては自然なことではないのだろうか……。

倉原湊

オレとエンツォは水族館を堪能してから、隣にあるプラネタリウムに入った。水族館が空いてたと思ったら、どうもカップルはこっちに移動していたらしい。

オレは席を探す間に、大変なことに気づいてしまった。今回の特集は南極の星ってだけじゃなくて、『恋人達のロマンティックな夕べ～南極の星空の下～』なんてタイトルだった。そのせいか、このプラネタリウムの中にいるのは、百パーセントの確率でカップル。しかも大人のカップルばかりなせいか、みんな見つめ合ったり手を握り合ったりして、ラヴラヴ全開だ。

……うわあ、なんだか熱烈な感じ……。

カップル、一つ席を空けてまたカップル、って感じで、席は見事に埋まっていた。オレとエンツォは一番後ろの列まで行き、一番端に、ようやく二人並べる席を見つける。

エンツォは星がよく見えそうな内側の席をオレに譲《ゆず》ってくれて、自分は一番端の席に座る。隣のカップルからは一つ空けた席だから、狭くはないけど……。

隣のカップルが手を握り合い、身体を寄せ合って何かを囁き合っているのを見て、なんだかこっちが照れてしまう。

……プラネタリウムはすっごく楽しみだけど……なんだか熱気にあてられそうな気も……。

「急におとなしくなったね。どうかした？」

エンツォが、オレの顔を覗き込んで不思議そうに聞いてくる。オレは慌てて、

「あ、いや、ええと……実はオレ、プラネタリウムで寝ちゃうことってけっこうあるんだ。星が綺麗で気持ちがいいだろ？　もし寝ちゃったら起こしてね」

エンツォはクスリと笑って、オレの耳に口を近づける。

「その時は肩を貸す。遠慮なく寄りかかってくれていいよ」

「いや、大丈夫。今日は絶対寝ないで頑張るから……」

オレが言った時、館内が暗くなった。

「うわ……！」

天井に広がったのは、南極で見た、あの降るような星空。静かなクラシック音楽に合わせて、落ち着いた男性の声で南極の星座に関するナレーションが始まる。

「……わあ、綺麗……」

オレは星空に見とれながら、思わず呟く。

「……綺麗だな。南極のあの夜を思い出す」

エンツォが言って、オレの手にそっと触れる。

「……あ……」

彼の滑らかな指先の感触、そしてあたたかい体温に、胸が熱くなる。でも……。

「……見て、すごい天の川。本当に綺麗だよね」

オレはさりげなくエンツォの手の中から自分の手を引き抜き、星空を指差す。

「ああ……そうだね」

エンツォはちょっと戸惑ったような声で言う。

……うわあ、手を引っ込めるなんて失礼だったかな？

オレはちょっと焦《あせ》りながら思う。でも……！

オレは、隣のカップルをそっと盗み見る。彼らはまるで家のソファにいるみたいにリラックスした様子で手を握り合い、女性は、男性の肩に頭をもたせかけてる。たまに何かを囁き合っているところが、さすが大人って感じで……。

……いいな……オレも、エンツォとあんなふうにしてみたい。

思ってしまうけど……オレが同じようなことをしても、ただの居眠りするガキにしか見えないだろうな……。

「こうした方が見やすいな」

エンツォは言って、ゆったりと背もたれに身体を預ける。彼のシートがリクライニングしたことに気づいて、オレも彼に倣《なら》って背もたれに体重を預けて……。

『それでは次は、南極のオーロラをご覧ください』

ナレーションが流れ、星空の上に……。

「……わあ……」

オレは思わず言って、それに見とれる。館内のあちこちからも感嘆の声が漏れる。

星空の上にかかる、美しいカーテンみたいなオーロラ。それは色を変えながら、ゆったりと揺らいでいる。

『オーロラにはあらゆる色がありますが、中でも一番珍しいのは、青紫色のもの。それを見られたら、とてもラッキーだと言われています』

ナレーションの言葉に、オレは思わず微笑んでしまう。エンツォの耳に口を近づけて囁く。

「……オレ達、すっごくラッキーだったのかな?」

エンツォは小さく笑って、オレの方に顔を向けてくる。暗闇の中、その動きが読めなくて……。

「……もちろん、あれは……」

囁いた彼の唇が、オレの唇の端をかすめる。

……あっ!

もう少しのところでキスをしそうになってしまい、オレは真っ赤になって慌てて正面を向く。

エンツォもそれに気づいたのか、言葉を切る。それから小さく笑って、

「……悪かった。急に動いたりして」

正面を向いたままで囁く。

「……い、いや、大丈夫……」

オレは深呼吸をして、速くなった鼓動を鎮《しず》めようとする。

……ああ、びっくりした……！

エンツォの恋人になってから、オレは本当にたくさんのことを教えられた。一人前の大人の男になるにはたくさんの努力をしなくちゃいけないこと、どんな困難なことでも勇気があれば乗り越えられること、そして……恋人との時間がどんなに熱くて甘いかということ。

……やばい、思い出しそう……。

最初の航海で、オレはエンツォと愛を交わした。大富豪でハンサムで完璧な男に見えるエンツォは、オレと二人だけの時にはその仮面を脱ぎ捨てて野獣みたいに獰猛《どうもう》になった。オレは嵐に巻き込まれたみたいに翻弄《ほんろう》され、熱い快感の波に飲み込まれ、そのまま目が眩《くら》みそうな快楽の高みに駆け上った。

……うわあ、本気でヤバい……。

とても近くにいるせいで、彼の芳《かぐわ》しいコロンの香りが鼻孔をくすぐっている。若々しい柑橘《かんきつ》系の香りに潜《ひそ》む獰猛なムスク、そして微かに残るのは、澄み切った海の香り。

……ああ……。

オレは椅子の中に小さくなり、自分の身体を抱き締める。

……こんなところで、感じちゃダメなのに……。

『……南極の空が、夜明けを迎えます』

必死で深呼吸して身体の熱を鎮めようとしていたオレは、会場がゆっくりと明るくなっていることに気づく。

『〈恋人達のロマンティックな夕べ～南極の星空の下～〉、お楽しみいただけたでしょうか？　本日は、ご来場ありがとうございました』

……嘘だろ、終わり？

オレは鞄を脚の間に引き寄せながら、真っ青になる。

……オレ、感じちゃってるんだけど！　ここで明るくなるとすごくヤバいんだけど！

『お帰りの際は、お忘れ物にご注意の上……』

完全に明るくなる前に、カップル達が次々に立ち上がる。オレの隣にいたカップルも、ラヴラヴな感じで寄り添いながら、反対側の通路から出ていく。

「さて、そろそろ行こうか……」

立ち上がったエンツォが、全然立ち上がろうとしないオレを見下ろして、少し不思議そうな顔になる。

「どうかした？」

「……ちょっと今、立てない……」

オレの言葉に、エンツォが心配そうな顔をする。

「大丈夫？　具合でも悪い？」

「……違う、そうじゃなくて……」

オレは真っ赤になりながら、告白する。

「……さっき、キスしそうになったから、オレ……」

エンツォはオレの身体を見下ろし、オレが脚の間に必死で鞄を押しつけていることに気づいたみたい。

「わかった。心配しないで」

エンツォは羽織っていた麻の上着を脱ぎ、オレの肩に着せかける。前のボタンを閉めてくれて、

「これなら見られることはない。リムジンまで歩ける？」

「……う……うん……」

オレは言いながら、慎重に立ち上がる。だけどいつの間にか硬くなっていた屹立が下着に擦れて、思わず息をのむ。

思わずよろけたオレを、エンツォが支えてくれる。

……ああ、もう、何やってるんだ、オレ……？

逞しい身体をしたエンツォの上着は、ヤバい状態になったオレの脚の間の部分までしっかりと隠してくれている。

……けど、油断するとますます感じちゃいそうで……。

「……このままホテルに行くよ」

支えながらオレの肩を引き寄せたエンツォが、オレの耳に口を近づけて囁く。

「それとも、もっと見たいところがある?」

「……イジワル」

オレは真っ赤になりながら彼に囁き返す。

「……オレの身体がもう限界なの、わかってるくせに」

エンツォはクスリと笑い、歩きながら囁いてくる。

「ホテルに到着するまで、少しだけ我慢しなさい。その後は、大人の時間だよ」

エンツォ・フランチェスコ・バルジーニ

「……んん……!」

生まれたままの姿の湊が、ほのかな青い光の中で、美しい魚のように身をよじらせる。

「……ダメ……ああ……っ」

バルジーニ家が所有するお台場《だいば》のホテル。池袋からリムジンでここへ向かった私達は、いつも使っているオーナーズ・スウィートに向かった。ベッドルームには頼んでおいた小型のプロジェクターがすでに設置されていて、私はそこにコクトー博士からもらったＤＶＤをセットした。私と湊は、天井に映し出される南極の美しい海の画像を堪能する……はずが、どうしても我慢できずに抱き合ってしまっている。

コクトー博士がくれたＤＶＤは、美しい流氷や可愛らしい海の生き物の映像で構成されていた。ＢＧＭは、オッフェンバック作曲のオペラ『Les Contes d'Hoffmann《ホフマン物語》』のヴェネツィアの場面で流れる『Belle nuit, ô nuit d'amour《美しい夜、おお、恋の夜よ》』。ゆったりとした優雅な調べが、部屋の中を満たしている。

ここに向かうリムジンの中で、湊はずっと無口だった。恥ずかしそうに頬を染め、唇を噛む彼の横顔がとても可愛らしくて……抱き締めないように我慢するのが大変だった。

「君の身体が、綺麗なブルーに染まっている」

私は彼の身体を見下ろしながら、自分が着ている服をすべて脱ぎ捨てる。

抱き締めて肌と肌を合わせただけで、湊は緊張したように小さく息をのむ。彼のあたたかく滑らかな肌の感触に、私の体温が上がってしまう。

「二人きりで、南極の海の中にいるようだ」

湊の長い睫毛が震え、ゆっくりと瞼が開く。美しいブラウンの瞳が、私ではなく、肩越しの天井を見上げる。

「あ……」

湊が、うっとりとした声で言う。

「水中の流氷だ……ものすごく綺麗な青……」

「私とこんなことをしているのに……」

私は囁いて、可愛らしく尖った彼の乳首にそっとキスをする。

「……気を散らすなんて悪い子だ」

「……あ、んん……っ！」

湊の脚がシーツを蹴る。見下ろすと、彼の中心は美しい形で反り返り、先端から先走りを漏らしてしまっている。

「しかも、君はさっき、人がたくさんいるプラネタリウムの中で、ここを……」

私は手を伸ばし、彼の屹立を指先で軽く弾いてやる。

「……ああっ！」

「……こんなふうに、硬くしてしまっていた」

「……や、ああ……っ」

先走りでたっぷりと濡れた側面を指先で撫でると、彼の腰が震える。先端のスリットから、さらに蜜が溢れる。

「……んん……っ」

「どうしてそんなに感じていたのか、言ってごらん。振り向いた拍子に、唇が触れたから？」

そのまま手のひらに包み込み、硬い屹立をゆっくりと扱き上げてやる。

「……んん……それだけじゃなくて……」

湊はかすれた声で囁くが……私が指先で屹立の先端をくすぐると大きく息をのむ。

「……ん、くう……っ」

「それだけじゃなくて、何？　その先を言ってごらん」

「だって……あなたがすごくそばにいて……」

湊が乱れた呼吸の下から言う。

「……あなたの、コロンの香りが……」

「香りだけで、発情した？」

私の言葉に、湊はカアッと頬を染める。

「子供っぽいって思われちゃうのは、わかってる。でもオレ……」

湊は私から目をそらしたまま、ため息のような声で囁く。

「……あなたに抱かれてる時のこと、思い出して……」

私は身体をずらして、キスでその言葉を遮る。

「バカになどしていないよ。なぜなら……」

唇を滑らせ、彼の首筋に顔を埋める。鼻孔をくすぐるのは、絞りたてのレモンのように爽《さわ》やかな香り。だがその奥に、ごくわずかだが、ジャスミンのような色っぽい甘さが混ざっている。感じるだけで、目の前が霞《かす》むような芳香だ。

「……私も、君の香りだけで発情する」

彼の滑らかな首筋に唇を滑らせながら、私は囁く。

「この香りを感じるだけで、奪う時の君のとても色っぽい姿を思い出す。……抱きたくて、抱きたくて、たまらなくなるんだ」

「……エンツォ……」

湊の両手がゆっくりと上がり、私の裸の肩に触れてくる。

「オレも……」

湊は囁いて、恥ずかしげに私の髪に顔を埋める。

「……抱かれたくて、たまらなくなるんだ……」

彼の甘い声が、私の理性を吹き飛ばす。私は獰猛な欲望に任せて彼の首筋にキスをし、そのまま歯を立てる。

「……ああー……っ！」

湊は身体を震わせながら、私の肩に爪を立てる。

「君が色っぽすぎて、我慢できそうにない。乱暴にしてしまうかもしれない」

私は彼の耳に口を近づけて、囁く。

「我慢なんかしないで……」

湊が、かすれた声で囁き返す。

「……乱暴でもいい……欲しい……」

私は目が眩むような欲望に任せて、彼の唇を奪う。

「……ん、んん……っ！」

濡れたまま震えていた屹立を手のひらで包み込み、深いキスをしながらそっと扱き上げる。

「……んんっ！」

ミナトの腰が跳ね上がり、先端から先走りがさらに溢れる。私は指先で先走りの蜜をすくい上げ、濡れた手を彼のしなやかな両腿の間に滑り込ませる。

「……あっ……！」

深い場所にある蕾を見つけ出し、たっぷりとした蜜を花びらに塗り込める。

「……ああっ！」

彼を自分のものにしてから、数え切れないほど抱いた。だが彼の蕾はまだ無垢《むく》な純粋さを保っていて、デートのたびにヴァージンのような頑《かたく》なさで私を焦《じ》らす。

……焦ってはいけない。

私は欲望を必死で抑え込みながら、自分に言い聞かせる。

……愛する彼の身体に少しでも傷を付けることは、絶対に許されない。

私は身体をずらして彼の乳首にキスをし、舌先でゆっくりりと愛撫する。

「……あ、あぁ……っ」

乳首がとても感じやすい湊は、それだけで身体を震わせてしまう。彼の快感を示すように、蕾がわずかに解ける。

「……ん……エンツォ……」

乳首を吸い上げながら、彼の屹立をそっと扱き上げる。

「……は、ああ……っ！」

彼の腰が跳ね、屹立からトロリと先走りが溢れる。彼の蕾がヒクヒクと震え、ゆっくりと蕩けてくる。私は慎重に彼の花びらを解《ほぐ》し、指先をそっと押し入れて……。

「……ん……っ」

頑なだった蕾が、ふいにふわりと柔らかくなる。私の指を包み込み、たまらなげに締め上げる。

「……エンツォ……」

綺麗なブルーに身体を染めた湊が、潤んだ瞳で私を見上げる。

「……海と……あなたの香りがする……」

「香りで、感じる？」

「……うん……あっ！」

蕩けた蕾に、ゆっくりと指を差し入れていく。入り口に近い場所にある感じやすい部分を、そっと愛撫してやる。

「……あ、あ……っ！」

湊は甘い声を上げ、キュッと強く目を閉じる。

「……ダメ、そこ……ああ……っ！」

彼のそこに、ゆっくりと指先を往復させる。湊は我を忘れたようにかぶりを振り、その反り返った屹立をヒクヒクと震えさせて……。

「……ダメ……出ちゃう……！」

「出していい」

顔を下ろし、彼の乳首にキスをして私は囁く。

「そのまま何度でも、搾《しぼ》り取ってあげるから」

「……ああ、エンツォの、バカ……」

湊のきつく閉じた瞼の間に、ジワリと涙が滲《にじ》む。

「……そんな声でそんなこと言われたら、オレ……あっ！」

感じやすい部分をキュッと刺激してやると、湊の屹立が大きく跳ねた。

「……く、ううん……！」

彼の屹立の先端から、ビュクッ！　ビュクッ！　と勢いよく欲望の蜜が迸《ほとばし》る。

「……ア、アア……ッ！」

私は彼の蕾から指を抜き、そして彼の欲望の蜜を手のひらですくい取る。

「……ん……っ」

彼の深い谷間にそれをたっぷりと塗り込め、蕩ける蕾を、増やした指で愛撫して……。

「……は……あぁ……っ」

湊の内壁は震え、私の指をキュウキュウと締め上げてくる。誘い込むようにうねり、ねだるように吸い上げて……。

「……お願いだ……指だけじゃ、オレ……」

湊がバラ色に頬を染め、潤んだ瞳で私を見上げてくる。いつもの凛々しく強気な彼の顔との対比が、とても淫らで……そしてとても愛おしい。

「何が欲しいのか、きちんと言ってごらん？」

私が言うと、湊はさらに目を潤ませて、

「……オレが欲しいもの、わかってるくせに……」

かすれた囁きが、私の最後の理性を吹き飛ばす。

「悪かった。苛《いじ》めすぎたね」

囁いて彼の唇にキスをし、彼の両脚を大きく割り広げる。

「……ああ……」

恥ずかしげに身じろぎをする彼を捕まえ、自分の怒張した屹立を、震える蕾に押し当てる。

「……あっ！」

さっきまでの頑なさが嘘のように、湊の蕾がふわりと蕩けて私を包み込んでくる。

「……ん……っ」

ゆっくりと押し入れると、柔らかく濡れた内壁が、うねりながら私をたまらなげに締め上げてくる。

……ああ、なんて身体だ……。

私は息をつめて、目眩《めまい》がするような快感に耐える。それから彼を見下ろして囁く。

「いくよ。大丈夫？」

湊が私の肩に手を回し、私の肩に頰を埋める。

「きて……ああっ！」

甘い誘いに、すべてを忘れる。私は彼の身体を抱き締め、そのとめどなく濡れた内壁を思うさま突き上げて……。

「……あ、あぁっ！　あぁ……っ！」

濡れて淫らな音が、優雅なＢＧＭに混ざり合う。抽挿《ちゅうそう》のリズムに合わせて、ベッドが大きく揺れる。湊は喘ぎながら、私の身体にすがりついて……。

「……ああ……エンツォ……エンツォ……！」

汗ばんだ彼の肌から、ふわりと立ち上る甘い芳香。さっきよりも淫靡さを増したその香りが、私に我を忘れさせる。

「ああ……君の香りがする」

私は彼を激しく奪いながら、囁く。

「どうしようもなく、発情するよ」

「……エンツォ……あなたの香りもする……！」

湊が、私の肩に頬を押しつけながら囁く。

「……ダメ……また出ちゃう……！」

「いいよ。一緒にイこう」

私は、彼の甘い香りに酔いしれながら囁く。

「君の身体がすごすぎて、私ももう限界だ」

「……あ……エンツォ……ッ！」

強く突き上げると、湊の身体がしなやかに反り返る。

「愛している、ミナト」

彼を奪いながら、私は囁く。湊は震えながら私にすがりつき、そして荒い呼吸の合間に囁き返してくれる。

「オレも愛してる、エンツォ……ああっ！」

彼の若い屹立から、ビュクッ、ビュクッ！　と激しく欲望の蜜が迸った。

「……くう……んんっ！」

湊が私の肩に爪を立て、濡れた内壁で私を強く締め上げてくる。その激しすぎる快感に、私の

目の前が白くなる。

「……っ！」

私は息をのみ、彼のとても深い場所に、ドクン、ドクン！　と激しく欲望を撃ち込む。

「……ああ……エンツォ……」

その熱さにも感じてしまったのか、湊の屹立の先端から、蜜がまたトクリと溢れる。

「……エンツォ……お願い……」

湊が、私の肩に額をすりつけながら囁く。

「……まだ……抜かないで……」

「そんなことを言われたら……」

私は、彼の身体を強く引き寄せながら言う。彼の中で、私のまだ硬い屹立がグリッと動く。

「……ひ、う……っ」

「このまま、すべてを注ぎたくなる」

湊は小さく息をのみ、それから私の肌に唇をつける。柔らかなその感触に、また身体が熱くなる。

「……して……」

ため息のように微かな囁きが、私の肌をくすぐる。

「……あなたの全部が、欲しいんだ……」

「……ミナト……！」

私は彼を抱き締め、そして再びその柔らかな身体を奪った。私達はそのまますべてを忘れて高みに駆け上り……。

◆

「最後に見た水槽の前で、オレ、いきなりイタリア語になったでしょう？」

私の腕を枕にした湊が、天井に映る美しい海を見上げながら言う。私はうなずいて、

「私と恋人同士だと思われるのが恥ずかしかった？」

言うと、湊は驚いたように私を振り向き、かぶりを振る。

「そんなの、考えたこともないよ。そうじゃなくて……」

湊は少し考え、それから深いため息をつく。

「彼女達が、『すごく素敵』『声をかけたい』って囁き合ってるのが聞こえたんだ。そして、あなたに見とれてた。だから日本語でプラネタリウムに行くって言ったら、それを聞かれて、ついてこられちゃうんじゃないかと思って……」

湊が、とてもつらそうなため息をついて、

「目の前で恋人のあなたが女の子に誘われたりしたら、オレ、どうしていいのかわからない。も

ちろんあなたがオッケーするわけがないって、わかってるけど……」

「『この人はオレだけのものだ』、そう言えばいい」

私の言葉に、湊は驚いたように目を見開く。

「私は、いつでもそうしているだろう？」

湊はうなずき、それから少し困ったような顔で、

「オレだってそうしたい。でも……」

「男同士であることが、恥ずかしい？」

「そうじゃなくて……」

湊は大きくかぶりを振り、それから私を見つめて言う。

「あなたみたいな完璧な人の隣にいるのが、オレみたいに平凡な子供でいいのかなって……」

私は手を上げて、彼の唇に指先で触れる。

「私の伴侶は、生涯君だけだ。……君は？」

私が聞くと、湊はしっかりとした声で答えてくれる。

「オレの伴侶も、生涯あなただけだ」

「それなら……」

私は指先で彼の顎《あご》を持ち上げながら、囁く。

「約束のキスを」

私の言葉に、湊は目を潤ませる。それからうなずいて、私の唇にそっとキスをしてくれる。

「……エンツォ……」

湊がその美しい宝石のような瞳で私を見つめながら言う。

「……ヤバい、オレ、ものすごく嬉しい……」

可愛らしいその言葉に、さらに胸が熱くなる。

「疑ったり、迷ったりせず、私についておいで。……いい？」

私が言うと、湊は素直にうなずいて、

「うん、あなたについていく。そしてオレも、あなたみたいな立派な大人の男になる！」

急に元気になった湊に思わず微笑んでしまいながら、湊の身体を抱き寄せる。

「それなら、私と一つ勝負をしないか？」

「勝負？」

不思議そうに言う湊の首筋を、唇で辿る。

「……あ……っ」

それだけで、湊の身体がひくりと跳ねる。

「そう、勝負だ」

感じやすい耳たぶにキスをすると、彼の身体が震える。

「……ん……っ！」

「君が感じなければ、今夜はこのままＤＶＤ鑑賞だ。もしも感じたらそのまま朝まで抱く。……受けて立つ？」

湊は少し考え……それから勢いよくうなずく。

「オレも男だ！　勝負は受けて立……ん……っ」

抱き寄せてキスをするだけで、彼の体温が上がり、声が甘くなってしまう。

「……んん……こんなキス、ずるいよ、エンツォ……」

こんなところが、本当に可愛い。

ああ、私の恋人は麗しく、少し強がりで、そしてこんなふうに、本当に色っぽい。

ＥＮＤ.

ハニー達のプライベート日誌

エンツォの片腕ジブラル航海士、エンツォの友人にしてアメリカ海軍警察のリン中尉、コンシェルジェのフランツとホアン。二組のカップルの甘いエピソード。

◆ウイリアム・ホアンのプライベート日誌◆

一月三日　午後十一時四十分　風力二十一ノット　曇り　やや波あり。

「ふう。パーティーの後片付けはこれで完璧かな？」

僕は、甲板《かんぱん》を見渡しながら言う。隣にいるフランツがうなずいて、

「うん。楽しかったね。ミナトさんは嬉しそうだったし、船長も喜んでくださったしね」

バルジーニ船長のサプライズ・バースデイ・パーティーは、大成功のうちに幕を閉じた。ほんの三十分ほど前までグラスを手にしたゲストでいっぱいだった甲板には、今は数名の夜勤スタッフが残っているだけ。立食パーティー用に端に寄せられていたテーブルはもとの位置に戻され、甲板の上はすっきりと掃除されている。

「お疲れ様、ホアン、フランツ」

「二人とも疲れただろう？」

優しい声で言いながら近づいてきたのは、ジブラル航海士とリン中尉。二人はさっきまで観葉植物の植えられた重い鉢を並べ直すという一番大変な力仕事を引き受けてくれていた。手伝いますと言ったんだけど「君達にそんなことはさせられない」って言われ、僕達は食器の片付けをしていた。僕は、改めて申し訳ない気持ちになりながら、リン中尉を見上げる。

「申し訳ありません。ゲストであるあなたに、片付けの手伝いをさせてしまうなんて。しかも一番大変な作業を」

「私はこれでも軍人だ。体力には自信がある」

リン中尉が言って、自分が真っ直ぐに並べた観葉植物に目をやって満足げな顔になる。

「それに、軍隊生活が長いせいか、見た目が完璧な直線に並んだものが好きなんだ。ああいうものを直線に並べるのは楽し……あ、テーブルが曲がっている！」

言いながら、ガーデンテーブルの方に向かう。そしてスタッフが綺麗に並べたテーブルのうち曲がっているテーブルを、きちんと真っ直ぐに並べ直している。近くにいたスタッフが慌てて駆け寄ってそれを手伝っている。その姿を見ながら、ジブラル航海士が小さく吹き出す。

「彼は、大学時代からあんなふうにとんでもない堅物《かたぶつ》だった。ルックスがああだし、美しい女性達からの誘いは数知れずだったが……」

ジブラル航海士は言いかけ、途中で言葉を切る。僕が、『女性達』という言葉に思わず反応してしまったことに気づいたんだろう。

……僕は、リン中尉の恋人になれたんじゃないか。だからこんなことくらいで落ち込んだりしてはいけないのに……。

僕は自分に言い聞かせるけれど……まるで氷の塊《かたまり》でも飲み込んでしまったかのように、胸が冷たく、そして苦しくなるのを感じる。

ジブラル航海士は慌てたように、コホン、と咳払いをして言う。

「もちろん、どんな女性からの誘いにも乗らなかった。安心していいよ、ホアン」

僕は、無理やり笑みを浮かべてみせる。

「すみません、わかっています、リン中尉は素敵だし、女性達にモテないわけがありません」

フランツがすごく心配そうな顔で僕を見ているのに気づいて、僕は慌てて言う。

「そんな顔をしないで、フランツ。別に落ち込んでないってば」

「うん。でも……」

フランツは、ますます心配そうな顔になる。

「ここのところ、なんとなくホアンが元気がないみたいに見えたから……何かあった？」

言って、リン中尉の方に視線をやる。きっと僕らのことを心配してくれてるんだろう。

「別に何もないよ、もちろん。ただ……」

僕は続きを言いづらくて、思わず言葉を切る。フランツがますます深刻な顔になって、

「ただ？　何かあったの、ホアン？」

「直接言いづらいのならば、私に言ってくれればきつく言い聞かせておく。喧嘩《けんか》か？　それとも……まさか、何か失礼なことでもされたとか？」

ジブラル航海士にまで心配そうに言われて、僕はかぶりを振る。

「まさか、リン中尉はいつでも優しくて、紳士的すぎるほど紳士的で……」

僕はまた言葉を切り、それから思わずため息をついてしまう。

「……だから彼は『最初の時に無理をさせたんじゃないか』ってずっと気にしてくださっているんです。そのせいで、なかなか誘ってくださいません。……もしかしたら、僕は飽きられてしまったのかもしれませんが……」

……ああ……ついに言ってしまった。でも、そのことはずっと心に引っかかっていて。

「あ、スカッシュの話？　リン中尉は、ホアンが筋肉痛になったのを気にして、練習に誘ってくれないとか？　でも、リン中尉は強すぎて練習にならないよ。練習相手なら僕が……」

フランツが身を乗り出して言う。ジブラル航海士が小さくため息をついて、

「多分そうではないよ、フランツ。……要するに、最初のセックスが強引だったのを反省しすぎて、あいつはなかなか君をベッドに誘わない。だからだんだんと不安になってきてしまっている……そういうこと？」

「……うわ……そういう意味ですか……」

純情なフランツが、みるみる真っ赤になる。僕は、彼と結ばれてからずっと思っていたことを口にする。

「……彼は、強くて、ハンサムで、本当に素敵な人です。でも僕はなんの取り得《とえ》もないただのコンシェルジェ。いつ飽きられてもおかしくなくて……」

「誰が、誰に飽きるって？」

後ろから聞こえた声に、僕は本気で驚いてしまう。恐る恐る振り返ると、そこにはなんだかすごく怒った顔をしたリン中尉が立っていた。

僕は気圧されてしまいながら、

「あの……あなたが、僕にいつかは飽きるんじゃないかって……」

「どうしてそんなことを思った？　理由を聞かせてくれないか？」

ヘーゼルの瞳に真っ直ぐに見下ろされて……僕の唇から正直な言葉が漏れる。

「僕の部屋に来ても、あなたはすぐにおやすみを言ってお部屋に帰ってしまいますし……」

「おいで」

リン中尉が言葉を遮るようにして、僕の手を取る。しっかりと手を握ったまま、甲板を横切っていく。

「こら、喧嘩はするなよ！」

「おやすみ、ホアン！　おやすみなさい、リン中尉！」

後ろでジブラル航海士とフランツが言っているのが聞こえるけど……早足でどんどん歩かれて、振り返ることすらできずに甲板から屋内に入ってしまう。そのまま廊下を歩き、エレベーターホールでやっと彼は立ち止まる。

「私の部屋に行こう。今夜は逃がさないよ」

その言葉に、心臓が壊れそうなほど鼓動が速くなる。ポン、という音がしてエレベーターの扉が開く。僕とリン中尉はエレベーターに乗り込み……そして扉が閉まった一瞬後、僕は彼の腕にしっかりと抱き締められていた。

「ずっと欲しかった。だが君を怖がらせてはいけないとずっと我慢をしていた。でも……もう限界だ」

逞しい腕で僕を抱き締め、彼が熱く囁いてくれる。

「朝まで抱く。絶対に逃がさない。……愛しているよ、ホアン」

僕は何もかも忘れてしまいながら、彼の胸にそっと頬を埋める。

「愛しています、リン中尉。僕をめちゃくちゃにして……」

ふわりと風が動き、彼が僕の身体を少しだけ離す。僕の顎が、彼の指先でそっと持ち上げられる。そのまま端麗な顔が近づいて……心まで蕩けてしまいそうなキス。

……ああ、僕の恋人は、ハンサムで、野性的で、そして本当にセクシーなんだ。

◆フランツ・シュトローハイムのプライベート日誌◆

一月四日　午前零時　風力十九ノット　曇り　やや波あり。

「顔が真っ赤だよ、フランツ」

ジブラル航海士の言葉に、僕はちょっと泣きそうになる。

ここは『プリンセス・オブ・ヴェネツィアⅡ』の船内にある図書室《ライブラリー》。とても貴重な本がたくさん保管されている場所というだけでなく、まるで貴族の屋敷の書斎みたいに落ち着ける素敵な部屋だ。

僕とジブラル航海士は、部屋の隅にある一人掛けのソファに向かい合って座っている。彼の膝にはコンピュータからプリントアウトしたばかりの最新の天気図。そして僕の膝には次の寄港地に関する観光ガイドが広げられている。でも、ガイドブックのページがまったく進んでいない。

彼は冗談めかして「まだ眠くないな。よかったら私の部屋に来る？」と誘ってくれたけれど、大好きな感情が溢れてしまいそうで、僕はどうしてもうなずけなかった。かと言って彼におやすみなさいを言うのはあまりにも寂しくて……「よかったら図書室に行きませんか？」と言ってしまった。勉強熱心なジブラル航海士に、バルジーニ船長はこの部屋の合鍵を特別に渡している。

ジブラル航海士は終業後によくここに来ては、とても貴重なさまざまな時代の海図を閲覧《えつらん》したり、次の寄港地に関する資料をまとめたりしているんだ。

「二人は仲直りできたでしょうか？　リン中尉、怒っていたように見えたのですが……」

僕は、ちょっと心配になりながら聞く。ジブラル航海士はクスリと笑って、

「怒っていたんじゃない。あれは恋する男の顔だ」

「え？」

「君の前にも、同じような顔をした男がいると思うけれど？」

ジブラル航海士が言って、僕を真っ直ぐに見つめる。その漆黒の瞳の中にどこか獰猛な光が揺れていることに気づいて、僕の鼓動が速くなる。

……ああ、どうしよう？　見つめられるだけで、身体が熱くなる……。

ジブラル航海士が、僕を見つめたままソファから立ち上がる。ローテーブルを回り込んでゆっくりと歩いてきて、僕の顎を指先でそっと持ち上げる。

……キスされる？　もしかしたら、僕とジブラル航海士は、今夜、このまま……？

……少し怖い……でも……こんなに愛している彼になら、僕は……。

思いながらキュッと目を閉じると、柔らかな彼の唇がそっと触れてくる。僕の、額に。

……額……？

「唇を奪ったら、我慢できずに朝まで抱いてしまいそうだ。だが……」

驚いて目を開くと、彼は切なげな、そしてとてもセクシーな顔で僕を見下ろしていた。

「君を傷つけたりしたくない。いつまでも待つ。……愛しているよ、フランツ」

「……はい、僕も愛しています、ジブラル航海士」

大切に思ってくれる彼の気持ちが、すごく嬉しい。ドキドキしすぎて、おかしくなってしまいそう。でも……ほんのちょっとだけ残念な気もするのは……どうしてだろう？

……ああ、僕の恋人は、ハンサムで、セクシーで……そしてとっても紳士的なんだ。

END.

Strawberry milk

「豪華客船で恋は始まる12　上・下」の後日談。
牛乳はビンで飲むと美味しいよね！

「……ここが、君達がいつも合宿に使っている旅館か」

リムジンから降りたエンツォが、そこにある建物を見上げながら言う。

「日本らしくて、とても風流だな」

ここは築地《つきじ》にある日本旅館。江戸時代から続く旅籠《はたご》を何度も改装した建物だから、古いけどなかなか趣《おもむき》がある。とはいえ、バルジーニ家はお台場に豪華なリゾートホテルを持ってる。ここからなら、車でも十分もかからない場所だ。

「バスケ部の合宿場所をどうしても見たいって言うから案内したけど、本当に庶民的な旅館だよ？　大富豪のあなたには……」

「大丈夫。予約は取ってある」

エンツォはオレの肩を抱いて、『築地旅館《つきじりょかん》』と書いてある入り口の引き戸を開ける。

「いらっしゃいませ～。あら！」

入ったところは狭い玄関。その脇にお風呂屋さんの番台みたいなフロントがある。

「倉原さんちの湊ちゃんじゃないの！　外国の方のお名前で予約が入ったからびっくりしたけど、あなたのお知り合いだったのね！」

このおばちゃんは母さんの元同級生で、オレも昔から知ってる人。この旅館は築地市場《つきじしじょう》に近いビルの谷間にあるから、夜ちょっとくらい騒いでも大丈夫だし、おばちゃんの作るご飯はボリュームがあってすごく美味しい。さらにみんなで入れる大浴場もあるし、区民体育館も近くて便利。何より宿代がすごく安い。だからうちのバスケ部は、大きな試合の前の合宿所として便利に使わせてもらってるんだ。

「まあ、なんてハンサムな人かしら。……もしかして俳優さん？　映画のロケ？」

おばちゃんが頬を染めながら、オレに囁いてくる。オレは、

「ええと、彼は父さんの知り合いの息子さんで、バルジーニさん。俳優さんみたいだけど、船の船長さんだよ」

「あら、うちの息子も屋形船に乗ってるから、同業者ね！　最近の屋形船には、こんな素敵な外国人の船長さんもいるのねえ！」

おばちゃんは勝手に誤解して盛り上がっている。宿帳に名前を書き終わったエンツォは優しく微笑みながら、

「お世話になります。バルジーニです。風情《ふぜい》があってとても美しい旅館ですね」

ものすごく綺麗な発音の日本語で言う。

「ありがとうございます！　日本語がお上手ね！　はあ、こんなハンサムさんがお客さんじゃ、おばちゃん緊張しちゃうわあ」

「素晴らしい大浴場があるとミナトくんから聞いて、楽しみにしてきたのですが」

エンツォの言葉に、オレはギクリとする。

「大浴場、すぐにでも入れますよ？」

その返事に、エンツォがにっこり笑う。

「荷物を置いたら、すぐに入らせていただきます。……ミナトくんと一緒に」

……うわあ、やっぱり大浴場をチェックする気、まんまんだ！

◆

「なるほど、これが日本の大浴場か」

脱衣所を見渡したエンツォが言う。この大浴場は古き良き時代の銭湯そのままのイメージ。艶のある板張りの床、木のロッカーに並ぶ籐《とう》の籠《かご》。脱衣室の隅には、最近では珍しい瓶入り牛乳の自動販売機もある。

「合宿の時、君はここで服を脱ぐわけだね。ほかの部員の前で」

エンツォが、シャツを無造作に脱ぎながら言う。オレは真っ赤になりながら、

「いや、オレはいつも、この観葉植物の陰のロッカーを使ってるから！」

オレはちょっと離れた場所にあるロッカーの前で服を脱ぎ、タオルを腰に巻く。

「オレ、先に入ってる！」

言いながらガラス戸を開き、浴室に飛び込む。もうもうとした湯気の中に浮かび上がる富士山の絵。一面がガラス戸になっていて、向こうは小さな日本庭園だ。

オレは慌ててシャワーで身体を流そうとして、濡れたタイルの床を走り……。

「うわあ！」

つるんと滑ってしまったオレは、床に尻餅《しりもち》をつくことを覚悟する……けど……。

「まったく」

エンツォの逞しい腕が、オレの身体をしっかりと後ろから抱き留めてくれる。彼も腰にタオルを巻いただけの裸。触れ合う肌と肌の感触に、鼓動が速くなる。

「何をそんなに動揺しているのかな？　相手が男なら、見られても触られても気にしない……そう言っていなかった？」

……ああ、やっぱり根に持ってる！

実は。ちょっとした雑談の時に、オレはつい口を滑らせてしまった。バスケ部の合宿ではみんなで大浴場に入ること、体育会系のノリでふざけて抱きついたりもすること、そしてタオル一枚の裸で、みんなで並んでいちご牛乳を飲んだりしてること。

ものすごく過保護なエンツォは、オレが船のプールに入ることも（オレが入る時にはエンツォが貸し切りにする）、ジムで短パンをはいて腿を出すことも（膝までのバスケットパンツならオッケー）禁止してる。

なのにオレが部員の前でタオル一枚の裸でいちご牛乳を飲んでいるって聞いて、すごく驚いていた。そしてエッチなことをしながらそれも禁止しようとしたけど……オレは、これだけは絶対に譲れなくて。

……だって、いちご牛乳は最高だし！

「この話には、決着がついたはずだ！」

オレはエンツォの腕から滑り出ながら、彼を睨《にら》み上げる。

「いちご牛乳は、絶対に譲れない！」

「私が気にしているのは、いちご牛乳のことではない。この浴場の湯気がどのくらい君の身体を隠してくれるかだ」

エンツォが言いながら壁際のシャワーで素早く身体を流し、湯船の脇に立つ。

「シャワーを浴びて、こっちに歩きなさい。どのくらい身体が見えるかを検証する」

「もう！　本当に過保護なんだから！」

オレは言って腰のタオルを解き、手早く身体を洗う。タオルを巻き直して、湯船の方に向かって歩く。浴場を満たすのはエンツォの姿もかすむくらいのもうもうとした湯気。オレはタオルを解き、裸で湯船に入る。それからエンツォを見上げて、

「見えた？　大丈夫だよね？」

言うとエンツォはため息をつき、タオルを解いてゆっくりと湯船に入ってくる。

「君の主張は正しかった。湯気のせいで、君の身体はほとんど見えなかった」

「でしょ？　ここのお湯は、江戸っ子向けの高温なんだよ。だからいつもこのくらい湯気がすご

「降参(こうさん)だ」

「……しかも、この大きな湯船と熱めのお湯は本当に気持ちがいいんだ」

エンツォが言って背中を浴槽の縁に預け、いかにもリラックスしたような深いため息をつく。

オレは笑ってしまいながら、

「南極は寒かったし、あなたも大変だったもんね。都会だから不思議だけど、東京都内はけっこういい温泉が出るんだ。お湯がちょっと茶色っぽいだろ？」

「ああ、薄めのコーヒーのような色をしているな。入浴剤の色かと思ったが」

「天然温泉の色だよ。近場だけど……二人で湯治《とうじ》に来たみたい？」

「そうだな」

エンツォが言って、さりげなくオレの肩を抱き寄せる。

「南極の旅はとても大変だった。温泉と君の存在で、たっぷり癒されることにしよう」

髪にキスをしながら囁かれ、鼓動がどんどん速くなる。彼の手がオレの腕をそっと撫で下ろし、オレの身体が震えて……。

「うわ！　ここで触るのは、絶対なし！　恥ずかしくて二度と合宿に来れなくなる！」

エンツォが楽しそうにオレを見上げる。

「それなら、次はどうすればいい？」

「しっかりあったまる！　次は湯上がりのいちご牛乳の美味しさを教えるから！」

「なるほど。熱くなった身体に気持ちがいい。初めて飲んだが、美味しいものだな」

いちご牛乳を一口飲んだエンツォが、感心したように言う。オレは、

「でしょ？　今のお気に入りはこれなんだ。あと、飲む時の姿勢が決まってて……」

言いながら左手を腰に当てる。

「こうして胸を張って堂々と飲む。そうすると『試合頑張るぞ！』って気合いが入る」

その姿勢でいちご牛乳を飲み、ぷはっと息をつく。それから彼の視線に気づき、

「あ、いや、今度からは、ちゃんと服を着てから飲むけどっ！」

「湯気のないこの場所での半裸はさすがに許可できない。だが今日だけは特別だ」

エンツォは言い、オレが教えた姿勢でいちご牛乳を飲む。彼がやったら面白いかと思ったけど、彫刻みたいに完璧な身体を見たら、セクシーすぎて笑えない。この身体をほかの人に見られたらと思うと……。

「今、あなたの気持ちがちょっとわかった。あなたの裸をほかの誰かに見られるのはすごく嫌だ。オレも、ほかの部員にあんまり身体を見られないように気をつける」

「いい子だ。ごほうびだよ」

◆

エンツォが微笑んでオレを引き寄せ、優しいキスをする。いちご牛乳味のキスは、すごく甘くて、想像以上にドキドキした。
オレの恋人は、ハンサムで、過保護で、そしてこんなふうにとてもセクシーなんだ。

END.

LOVE SPICE

「豪華客船で恋は始まる 11」収録の「赤い龍の海」の後日談。
南洋の島での甘い休日。

エンツォ・フランチェスコ・バルジーニ

「ミナト？」

書斎での仕事を終えてベッドルームに入った私は、そこに人影がないことに気づく。

……また、ベランダのハンモックにいるのだろうか？

そう思いながらベッドルームを出て、リビングに向かう。

ここはハワイ島にあるバルジーニ家のコテージ。活火山であるマウナケア山の麓《ふもと》にあり、ハワイの雄大な自然を楽しめる場所だ。

コテージの後ろに広がるのは深い熱帯のジャングル。目の前にあるプライベートビーチは、不思議な漆黒。これは海に流れ込んだ溶岩が長い時間をかけて波に砕かれ、細かい砂になって堆積《たいせき》したものだ。黒い砂が月明かりを反射してキラキラと煌めく様子はとても珍しく、ブラックダイヤモンドを敷き詰めたかのようで、本当に美しい。

湊はこの光景がとても気に入ったようで、よくベランダに出ては、飽きずに砂浜と海を眺めている。

……眺めているうちに、また眠ってしまったのかもしれないな。

私は微笑ましい気持ちでリビングを突っ切り、ベランダに続くフランス窓を大きく開く。だが、ハンモックの上には、昼間、湊が読んでいた本がそのまま伏せられているだけ。彼の姿はここにもない。

……散歩にでも出てしまったのだろうか？

土地が広いせいでコテージからは見えないが……ここは高いフェンスに囲まれ、厳重に警備されたプライベートな場所。不審者は絶対に入ってこられない。そのため砂浜を散歩するくらいなら問題はないのだが、コテージの後ろに広がる夜のジャングルに迷い込んだとしたら危険だ。

「ミナト！」

私は少し心配になって、砂浜に向かって叫ぶ。

「オレ、ここだよ」

思いがけず近くから聞こえた声に、私は驚いて振り返る。リビングの向こう、キッチンから、湊が顔を覗《のぞ》かせていた。可笑しそうにクスクス笑いながら、

「オレが、どこかに行っちゃったかと思った？」

イタズラっぽい声で言われて、私もつられて笑ってしまう。

「悪い子だ。面白がって覗いているなんて」

私はハンモックに置いてあった彼の本を持ち、リビングに入る。廊下を歩いてキッチンに向かいながら、腕時計を見る。時刻は零時半。少し仕事に没頭しすぎたようだ。

「遅くまで一人にしてしまって、悪かったね」

私は言いながらキッチンに入り、そこにとてもいい香りが漂っていることに気づく。

「美味《おい》しそうな香りがする。何か作っていた？」

湊はうなずき、楽しそうに微笑む。

「明日はアレハンドロさんや子供達とバーベキューだから、その準備」

「準備？」

「うん。明日、子供達に、倉原家風のカレーを作ってあげるって約束したんだ。彼らがいた島には、カレーっていう料理がなかったらしいから」

「倉原家の家庭の味には、私もとても興味があるな」

言うと、湊は少し照れたように、

「うん。実はあなたにも食べてもらいたくて、母さんからいろいろ教わってきた。コツは、きちんと鶏がらと野菜でダシをとったスープを使うこと」

言って、大きな鍋を指差す。鍋はいい香りを放つ金色のスープでなみなみと満たされていた。

「粗熱《あらねつ》が取れたから、漉《こ》さなきゃ」

湊はメモを見ながら言い、鶏がらスープの入った鍋を持ち上げようとする。かなり大きなものなので、湊の手には重いだろう。

「手伝うよ。君は漉し器を押さえていてくれ」

私は言って彼の代わりに鍋を持ち、ボウルの上に置かれた漉し器の上でそれを傾ける。湊は空いている方の手で長い箸《はし》を器用に使い、鶏がらや野菜類が漉し器に入らないように押さえてくれる。

「とてもいい香りだ」

すでに冷めているけれど、そのスープからはチキンの芳《かぐわ》しい香りが漂ってくる。

「このままスープとして飲んでも美味しそうだ。味見をしてもいい？」

「ダメ！　これは明日のカレーに使うんだから！」

湊は笑いながら、ボウルに入ったスープをさらに金属製の大きな保存容器に移しかえる。保存容器に蓋《ふた》をして、それを冷凍庫にそっと入れる。

「ハワイは暑いけど、冷凍して持っていけば大丈夫だよね。ええと……明日の朝はこれをクーラーボックスに詰めて……ほかの食材は、キャンプ場の近くの市場で買えるんだよね？　ハワイに、ニンジンと玉ねぎとジャガイモ、ちゃんと売ってるかな？　あと、肉はやっぱり鶏肉がいいんだけど……」

心配そうに言う湊に、私は思わず微笑んでしまう。

「ちゃんとあるよ。大丈夫」

「よかった。明日は頑張らなきゃ。ええと、オレは洗い物をしてから……」

「洗い物は、機械に任せていい」

私は流しに入っていた漉し器やボウルをざっと水で流し、それらを食器洗浄器に入れてスイッチを入れる。

「私達は、ベッドに行こう。あまり夜更かしをしていると、嫉妬《しっと》した恋人にお仕置きをされることになるよ」

私が言うと、湊は可愛い顔でクスクス笑う。

「待って。嫉妬って、何に？」

私は彼の身体を抱き上げて言う。

「もちろん、カレーにだ」

「エンツォったら！」

湊は頬を染め、潤んだ目で私を見上げてくる。

「本当にやきもち妬きなんだから」

照れたような口調が、私の鼓動を速くする。

「君が、可愛すぎるのが悪い」

私は身をかがめ、彼の唇にそっとキスをする。

「……ん……」

舌を絡めてやると、湊の唇からとても甘い声が漏れる。それだけで身体の奥の欲望が目覚めそうだ。

……明日は早いので、襲いかかるわけにはいかない。今夜は、少しつらい一夜になりそうだ。

◆

次の朝。私と湊は島の裏側にあるアレハンドロ氏の家に招かれていた。広い平屋《ひらや》の一軒家で、芝生の庭にはバーベキューコンロが並んでいる。

目の前は砂浜、徒歩五分ほどの場所に地元の人々が利用する市場があり、とても住みやすそうな場所だ。

「よし、俺達が火をおこすから、おまえらは食材の準備だ！　手順は昨夜教えたとおりだぞ！いいか？」

アレハンドロ氏の言葉に、三人の子供達は揃《そろ》って楽しそうに叫ぶ。

「オッケー、おじちゃん！」

三人が、それぞれ子供用の包丁を手にして、てきぱきと野菜を切り始める。一番小さなルルまでがフルーツナイフを器用に使って野菜を切り始めたのを見て、私は少し驚く。

「オレも負けずにニンジンを切る！」

湊が言ってニンジンを切り始めるが……その手つきは三人に比べるとかなりおぼつかない。本当なら助けに行きたいところだが、ここで手伝ってしまっては湊の立場がないだろう。

「大丈夫？　ミナト」

「指を切ったらダメだよ？」

「なんだか危なっかしいなあ」

子供達三人にまで口々に言われて、湊が苦笑する。

「たしかにみんなの方がずっと器用そうだ。でも大丈夫。オレだって美味しいカレーを作って……」

湊がふいに言葉を切り、顔を上げて私を見つめる。

「エンツォ！　どうしよう？」

彼の深刻な表情に、私は血の気が引く思いで、

「どうした？　どこかケガでも……」

「違う。カレーのルーをコテージに忘れてきた！」

湊が悲痛な声で言う。

「せっかく日本から持ってきたのに！　でも取りに帰ったら、それだけで二時間はかかっちゃうし……！」

「カレー、楽しみだったのに……」

ルルががっかりした声で言い、ティキとティバも肩を落とす。

「ごめん。せっかくカレーを食べてもらおうと思ったのに……」

急にしょんぼりしてしまった湊を見て、私はふと市場の様子を思い出す。

「市販のルーがなくても、カレーは作れるよ」

私の言葉に、湊と子供達がハッとしたように顔を上げる。

「ミナト、あと少し買い出しだ。市場に付き合ってくれないか？」

◆

「ええと……あとは何が入ってたんだっけ？」

湊がメモを取りながら言う。私は、

「ターメリック、コリアンダーシード、カルダモン、マスタード、スターアニス、アジョワン、クミンシード、カイエンペッパー、ガーリック、フェネグリークリーフ、カレーリーフ。それを、マサラボウルと呼ばれる石のボウルで挽《ひ》く。本格的なスパイス屋台が出ていて助かったよ」

私と湊で作ったカレーは、子供達にもアレハンドロ氏にも大好評だった。私達は食事を楽しみ、すっかり長居をしてしまい……コテージに戻ったのは夜の十時過ぎ。シャワーを浴び、さっきベッドに入ったところだ。ロマンティックな夜だが、湊は今日のカレーのスパイスにまだ夢中のようだ。

「今日のあなた、本当にすごかった。粉になっていないスパイスを使って、カレーを作っちゃうなんて。しかも、ものすごく香りがよかった」

「スパイスは、コーヒー豆と同じだ。挽いてから時間が経《た》ってしまっては、本来の香りが抜けてしまう」

「すごい、やっぱり料理上手な人って言うことが違う」

湊の言葉に、思わず笑ってしまう。

「いや、白状すれば、これはうちのグランシェフの受け売りだ。カレーに使うスパイスの配合も、ヴェネツィアのバルジーニ本家に代々伝わるレシピそのまま。先祖が航海の途中でインドに立ち寄り、そこでレシピとスパイスを手に入れたと聞いた」

「なんだか壮大だなあ。……じゃあ、具とダシは倉原家の家庭の味、スパイスはバルジーニ家の家庭の味ってことだね？」

湊が、少し照れたように言う。

「あれが、二人の家庭の味になるのかな？　スパイス、まだ残ってたよね。また一緒に作りたいな」

可愛らしい言葉に、目眩《めまい》がする。気が付けば、私は湊をベッドの上に仰向けに押し倒し、キスを奪っていた。

「また一緒に作ろう。だが今は、もっと別の共同作業をしないか？」

彼のパジャマのボタンを外し、その滑らかな首筋にキスをする。

「……あ、エンツォ……」

唇を滑らせ、淡いピンク色の乳首にもキスをする。それだけで呼吸を乱してしまう彼が、とても愛おしい。

「君は、本当に可愛い奥さんだ。……愛しているよ、ミナト」

「……ん、オレも愛してる……」

甘い囁きが、私の胸を熱くする。

私の恋人は、麗《うるわ》しく、可愛らしく、そしてこんなふうにとても色っぽい。

END.

海辺のmariage《マリアージュ》

「豪華客船で恋は始まる 13」の後日談。二人の〈mariage〉のイラストは
カラー口絵でお楽しみください！

倉原湊

「『クプクプ&レレファ　結婚おめでとう!』だって」

オレは水族館のエントランスに掲《かか》げられた横断幕を見上げながら言う。

「クプクプとレレファって、最初から、ものすごく仲良しだったもんね」

「きっと今も変わらないだろう。おいで」

エンツォがオレの肩を抱き、水族館のエントランスに続く階段を上る。周囲の観光客がこっちに注目しているのを見て、慌てて彼の腕から滑り出る。エンツォはものすごいハンサムだし、今は純白の船長服を逞《たくま》しい身体で着こなし、凜々《りり》しい制帽をかぶってる。こんな人がいたら、オレだってつい注目しちゃうだろう。

「大丈夫、一人で上れるから」

オレは先に階段を上り、それから不満そうな顔をしているエンツォに、

「オレ、この間の航海の時に、強くなるって決めたし」

オレは倉原湊。日本の大学に通うごく普通の学生。そして隣にいるのは、エンツォ・フランチェスコ・バルジーニ。大富豪バルジーニ家の次期総帥で、バルジーニ海運の本社取締役。さらに昔からの夢を叶えて豪華客船『プリンセス・オブ・ヴェネツィアⅡ』の船長にもなってしまった、

自家用ジェットと自家用ヘリを使って世界中を飛び回る、超多忙な人。大富豪で、こんなにハンサムで、しかも超エリート。まるで女性が夢見る夢の中の王子様そのものの存在だ。こんなすごい人と恋人同士だなんて……自分でも、未だに信じられないんだけどね。

ここはニュージーランド水族館。この間の航海で、オレとエンツォが加わった研究チームはシルバーライン・ドルフィンという絶滅危惧種のイルカの雄が生存していることを確認した。しかもオレがたまたま見つけて保護したのが、すでに絶滅したかと思われていたシルバーライン・ドルフィンの雌だった。

雄がクプクプ、雌がレレフアと名付けられた二頭のイルカは、一緒の水槽に入ってすぐに仲良くなって、その時からもうカップル成立って感じだったんだけど……。

「館長さん、ご招待ありがとうございます！」

見知った後ろ姿に向かって言うと、振り返った館長さんはオレとエンツォの姿を認めて、

「ようこそ、ミナトさん、そしてバルジーニ船長！　来ていただけて光栄です！」

楽しそうに笑いながら言ってくれる。

「さっそく、二頭の水槽にご案内しましょう！」

最初はバックヤードの水槽にいた二頭は、今は水族館の屋上にある明るいプールに移されていた。希少なイルカだから一般公開はされていないけど、ここで撮られた映像は、水族館内のスクリーンや公式サイトでリアルタイムで観ることができる。オレももちろんサイトの常連だ。

「わあ、ここなら明るいし、海もよく見えますね！」

オレはプールに駆け寄りながら言う。円形の巨大なガラス水槽の一面は海に面していて、二頭のイルカも、泳ぎながら海を眺めることができるだろう。ガラスと水を通したニュージーランドの紺碧《こんぺき》の海と空は本当に綺麗だ。オレの姿に気づいて、一頭のイルカが泳いでくる。

「キュウ！」

オレとエンツォに挨拶《あいさつ》をするかのように大きく鳴き、そのまま加速して空中に飛び上がる。見事なスピンを見せてくれてから、ほとんど飛沫を立てずに水に滑り込む。すらりとした身体に銀色のライン。これは雄のクプクプだ。

「クプクプ！　久しぶり！」

オレが手を振りながら挨拶をすると、クプクプが寄ってきてガラスに尖った鼻面を押し当てるようにする。キラキラと煌めく瞳が、オレとエンツォを見比べている。水中で、キュウキュウ、と鳴いて挨拶をしてくれているのが、ガラス越しに聞こえてくる。

「こんにちは、クプクプ……あれ？」

オレはガラスに額を押し当てて、水の中を見渡す。太陽光がキラキラして見えづらいけれど……ほかにイルカの姿は見えなくて……。

「レレフアはどこにいるんですか？　もしかして喧嘩《けんか》しちゃったとか？」

オレが言うと、館長は頭を振って、

「いいえ、相変わらず仲はいいのですが……」

プールの向こう側を指差す。

「この屋外プールは、屋内の水槽とガラスのトンネルでつながっています。天気の悪い日や夜は、屋内水槽にいるのが気に入っているようなのですが……」

プールの一角に丸く空いた穴があり、そこから小さなイルカが顔を出しているのが見えた。

「レレフアだ！　おいで！」

オレが呼ぶと、イルカは少し躊躇《ちゅうちょ》し、それからおずおずとプールに泳ぎ出てくる。くるっと丸い大きな目、小さなくちばし、スマートな金色の身体。シルバーライン・ドルフィンの雌、クプクプの恋人のレレフアだ。

「キュウ！」

クプクプがレレフアに気づいたように振り返り、嬉しそうに鳴く。素早く迎えに行き、二頭で寄り添ってこっちに向かってくる。

「相変わらず仲良しで安心したけど……レレフアはもしかして体調が悪いんですか？　こんなに天気がいいのに隠れていたけど……」

オレが言うと、館長は慌てたように、

「いいえ、体調は万全ですが……実は、先日の検査でレレフアの妊娠が確認されまして」

「えええーっ！」

オレは思わず声を上げ、クプクプとレレフアを振り返る。二頭はなんだかすごく幸せそうに寄り添って、こっちを見ていて……。

「すっごい！　おめでとう！」

「それはおめでたいな。素晴らしいことだ」

エンツォも驚いたように二頭を見て、それから館長を振り返る。

「水族館のみなさんにもお祝いを言わせてください。シルバーライン・ドルフィンの妊娠というのは、飼育下では初めてのことでは？」

「そうです。絶滅寸前と言われただけあって、シルバーライン・ドルフィンを飼育すること自体も初めてですし、資料もほとんどありません」

館長さんはちょっと緊張したように言う。

「ですが、専門家であるコクトー博士やランガ博士に助言をいただきつつ、なんとしてもこの出産を成功させたいと思っております」

「大丈夫ですよ」

オレは寄り添って泳ぐ二頭に目をやりながら言う。

「あんなに仲良しだし、きっと無事に可愛い赤ちゃんが生まれます」

オレが言うと、館長はなんだかホッとしたように、

「ミナトさんにそう言っていただけると安心しますよ」

「イルカの赤ちゃん、待ち遠しいなあ。出産予定日はいつなんですか？　来月くらい？」

オレがドキドキしながら言うと、エンツォが、

「イルカの妊娠期間は平均して約一年だよ。待ち遠しいのはわかるが、もう少し待たないと無理だろうな」

その言葉にオレは驚いてしまう。

「一年？　そんなに長いの？」

「コクトー博士のデータによれば、シルバーライン・ドルフィンの妊娠期間は約十ヵ月だそうだ」

「十ヵ月かあ。長いけど、それだけ楽しみ」

オレは鼓動が速くなるのを感じながら、仲睦《なかむつ》まじく泳ぐ二頭のイルカを見つめる。

「クプクプ、レレファ、頑張れ……！」

二頭にガラス越しに話しかけ、それからあることに気がついて館長を振り返る。

「もしかして、水族館の入り口に飾ってあった『結婚おめでとう』っていうのは、そのことですか？」

言うと、館長は楽しそうに笑って、

「いつかは二頭の結婚祝いをやろうと思っていたのですが、妊娠がわかったこの機会にしてみました。……館内では、二頭が保護された経緯の再現映像や、シルバーライン・ドルフィンに関する資料映像も観ることができますよ」

「保護された、経緯？」

オレはその言葉にどきりとする。館長はうなずいて、

「以前、メールでお答えいただいたインタビューをもとに短編映画を作ったんです。もちろんボランティアで作っていただいたのですが、イルカの保護に力を入れている監督のものなのでかなり見応えがありますよ。ミナトさんを演じたのはニュージーランドでとても人気のある若手俳優さんです。美青年なのであなたにぴったりだ」

「まさか、そんな大事《おおごと》になってるなんて……」

オレは思わず頭を抱える。あの時のオレはまさに必死だったし、レレフアを見つけたのは本当に偶然。しかもレレフアを助けた時の格好は、全然様になるような感じじゃなくて……。

「あ、でもエンツォのところは観たいです！　誰がやったんですか？　半端なハンサムじゃ、エンツォを演じるのは無理ですよね？　観るのが楽しみ……」

「私は出ていない」

エンツォがきっぱりと言う。

「脚本ではかなり壮大な作品になりそうだったのだが、私がチェックを入れて君の活躍だけに絞ってもらった。監督も理解してくれたよ」

「えええ……なんかずるい……」

オレが言うと、エンツォはクスリと笑って、

「セキュリティーの問題もあるので、君の本名はもちろん出していない」

館長もその言葉にうなずいて、

「その点はご安心ください。バルジーニ船長からのご指示で、『研究チームに加わっていたある大学生』ということになっております。ブルーノ・バルジーニ博士からもご意見をいただいて、『彼はガラパゴスで新種のゾウガメを発見したこともある』という注釈はつけましたが」

「ええっ？」

「水族館に来た有名大学の研究チームのメンバーから、その学生の名前と大学を教えてくれという要望がいくつも来ています。自分の研究チームにスカウトしたいとのことでしたが……」

「それは許可できません。プライバシーの問題がありますので」

エンツォがきっぱりと言い、オレもうなずく。

「ガラパゴスの時も、今回も、見つけたのは本当に偶然なんです。だからご期待には添えないかと……」

「そうですか。みなさんがっかりするだろうな。しかしミナトさんがスカウトされるとなったら、コクトー博士やバルジーニ博士が黙っていないでしょうしね」

「えっ」

館長の言葉に、オレはちょっと驚いてしまう。

「オレ、お願いして一緒に連れていってもらっているだけで、正式な研究チームの一員というわけではないんです」

「そうなんですか？　私はてっきり……」

館長も驚いた顔をして、それからにっこり笑う。

「早くチームの一員になれるといいですね」

……チームの一員……。

その言葉に、鼓動が速くなる。

そういえば、オレはまだ将来のことを何も決めていない。ヴェネツィア大学に留学したいっていう目標はあるけれど、その先のことはまだ考えられなくて……。

……でも……オレなんかでも何か役に立てることがあったら、すごく嬉しいかも……。

「館長！」

ウエットスーツを着たイルカの飼育員さん達が、プールサイドに出てくる。バケツを提げているところを見ると二頭の食事の時間なんだろう。飼育員さんの一人が大きな白いビニールの袋を持っている。真っ赤なリボンで口が縛られたそれには、『クプクプ&レレファ　結婚おめでとう』の文字が印刷されている。

「おお、忘れるところでした！　これを、まずはお二人に差し上げたいと思っていたんですよ！」

館長が言い、飼育員さんがそのビニール袋をオレに渡してくれる。受け取ると、大きさに反してけっこう軽い。そして手触りはなんだかふわふわしている。

「開けてみてください！」

館長に言われて、オレは慎重にリボンを解き、袋の口を開いてみて……。

「わあ、すごい！」

中に入っていたのは、一抱えもあるような大きなイルカのぬいぐるみが二つ。一つはグレイの身体に銀色のライン、もう一つは金色の身体。

「クプクプとレレフアだ！　しかも……！」

オレは袋の中からレレフアのぬいぐるみを取り出す。レレフアは布でできた花の冠をかぶっていて、そこには長いベールがつけられている。

「……レレフアが花嫁さんになってる！　可愛すぎる！」

「水族館グッズの制作を頼んでいる業者さんに、いろいろ無理を言ってしまいました。おかげでかなり精巧にできました」

館長はちょっと得意げに言う。

「クプクプも、花婿さんの白い蝶ネクタイをしていますよ。蝶ネクタイもベールも、取り外しが可能です」

「うわあ、可愛い！　ありがとうございます！」

「ミナトさんがモデルになった資料ＶＴＲのコピーも、一緒に袋に入れておきましたので」

……それは観たいような、観たくないような……。

「キュウキュウ！」

「キュキュー！」

可愛い声に振り返ると、クプクプとレレフアが水面に顔を出して鳴いていた。視線がバケツに釘付けなところを見ると、ごはんのことで頭がいっぱいなんだろう。オレは、

「ごはんの邪魔をしたら可哀想《かわいそう》なので、そろそろ行きますね。館内もちゃんと観せてもらいます」

「それなら、私がご案内を……」

館長の言葉に、エンツォがかぶりを振る。

「私はここの常連客ですし、のんびり観せていただきますのでご心配なく。……お忙しいところお邪魔しました」

「クプクプ、レレフア、頑張ってね！」

オレが言うと、二頭はバイバイ、というようにひれを振ってくれるけど……やっぱりごはんのことで頭がいっぱいみたいだ。オレとエンツォは笑ってしまいながら、館内に続くドアを開ける。

……クプクプとレレフアの赤ちゃん、見るのが今から楽しみだ！

エンツォ・フランチェスコ・バルジーニ

「見所がいっぱいだったね！　規模もすごかったし、いろいろ勉強になった！」

両手にぬいぐるみを抱えた湊が、楽しそうに言う。

私達は水族館を隅々まで楽しみ、それから裏手にある砂浜に出た。ここは水族館が所有しているエリアなので、観光客には開放されていない。のんびりと散歩をするにはとてもいい。私達は靴と靴下を脱ぎ、砂の感触を素足で楽しんでいる。

「クプクプとレレフアの赤ちゃん、可愛いだろうなあ」

端麗《たんれい》な顔に浮かぶ優しい笑みに、私は思わず見とれてしまう。

「少し先だが、楽しみだ。その頃、また会いに来よう」

「うん」

湊はうなずき、ふいに遠い目になる。

「結婚式って、年上の従兄弟《いとこ》のにしか出たことないなぁ。学校の友達も、もちろんまだ誰も結婚なんかしてないし。だからあんまり実感が湧かなかったんだけど……」

湊は海を見つめたまま、うっとりとため息をつく。

「なんかいいよね。誰かと誰かが愛を誓い合うって。……感動しちゃった。憧《あこが》れるなあ」

「ミナト。他人ごとのように言っているが、君も誰かと愛を誓い合っただろう？」

私は湊の左手の小指にそっと触れる。そこに煌めいているのは、私が贈ったシグネットリング。

バルジーニ家の一員として認められた証拠であり、私の正式な婚約者となった証《あかし》でもある。

「もしかして、この指輪の意味をもう忘れた？」

「……う……っ」

湊は照れたように頬を染め、ぬいぐるみに顔を埋める。

「いや、でもまだ式とか挙げたわけじゃないし……っ」

私は彼の手からぬいぐるみを取り上げ、砂の上に置く。

「男同士でも結婚できる国はいくらでもある。幸い、君のご両親と妹さんからはすでに承諾をいただいている。君が許してくれるなら、今すぐにでも……」

「ストップ、ストップ！　そこまで！」

湊は慌てたように叫び、私の言葉を遮ってしまう。

「そこから先は、今は絶対に言ったらダメ！」

「なぜ？」

私の心に、一抹《いちまつ》の不安がよぎる。

……彼はとても一途《いちず》で無垢《むく》な青年で、浮気など考えられない。だが、無愛想でいつも強引な私に愛想を尽かしたということは大いに考えられる。

「まさか……」

「誰かと浮気とか、あなたに愛想を尽かしたとか、そんなことは絶対にないから安心して。そうじゃなくて……」

湊は言いかけて、視線を下げる。言葉を選ぶように少し考えてから、

「……オレ、あなたと並んで歩ける大人になりたい、そう言ったよね？」

「聞いた。しかし今のままの君でも、私は心から……」

「今のオレじゃダメなんだ！」

そう言って、私の目を真っ直ぐに見上げる。

「オレがもっと強くなって、あなたと並んで歩ける自信がついた頃……それでもまだ愛してくれていたら、ちゃんとプロポーズしてほしいんだ！」

今までになかった大人っぽい言葉に、私は少し驚く。

「何もかも捨ててあなたのもとに走れたら、そしてそのまま四六時中あなたと一緒にいられたら……そんなふうに思わない日はない。でもそうなったら、きっとオレはあなたに甘えて成長するのをやめてしまう」

湊の目が、ふいにふわりと潤む。

「あなたみたいな素晴らしい人からのプロポーズを保留にするなんて、こんな贅沢《ぜいたく》なやつ、きっと世界中どこにもいないよね？　でも……愛してるからこそ、本当の意味でのパートナーになりたいんだ」

……本当なら、今すぐに彼をさらい、誰にも見られない場所に閉じ込め、私だけのものにして

しまいたい。

私の中には、激しい気持ちが炎のように渦巻《うずま》いている。

……その薬指に私のものである指輪をはめ、昼も夜も抱いて、私のことしか考えられないようにすることができたらどんなにいいか。だが……。

目の前の煌めく目をした青年を見つめながら、私は思う。

……自由を愛し、未来を真っ直ぐに見据える湊は、それでは本当の意味で幸せにはなれない。

私は手を伸ばし、指先で彼の滑らかな頬に触れる。

「……わかった。君の許しを待つ。それまで、本当のプロポーズはおあずけだ」

「うん……」

湊はうなずくが、少しだけ寂しそうだ。私は、

「本当のプロポーズはまだおあずけだが……予行演習なら、いい？」

「予行演習？」

私は身をかがめて、砂の上に置いたレレフアのぬいぐるみの頭から花飾りのついたベールを取る。それを両手で持って、湊の頭にそっとかぶせる。

「健《すこ》やかなる時も、病《や》める時も、変わらずに目の前の男を愛すると誓いますか？」

湊は驚いたように目を見開き、恥ずかしげに頬を染める。

「ちょっと待って。なんて答えれば……」

「誓います、と言えばいいんだよ」

私が囁くと、彼はさらに頬を赤くする。そして答えようとしてその唇を開くが……。

「うわ！」

海風に、湊がかぶっているベールが吹き上げられる。湊は飛ばされないように慌てて花冠を押さえ、それから楽しそうに笑う。

「あはは、風が吹くとブワッと広がるんだね！　ベールってなんだか面白い！」

言って、いきなり海に向かって走り始める。眩《まばゆ》い陽光の中でベールが翻《ひるがえ》り、湊の笑顔が見え隠れして……。

……まったく……どんなに私をドキドキさせれば、気が済むんだ……！

私が追いかけ始めると、湊は波打ち際まで逃げる。

「あははは、ちょっと待って！　本気で追うなんて反則だってば！」

私は笑い転げている彼を捕まえ、そのまま抱き上げる。

「どんな時も、君を愛すると誓う。君は？」

私が囁くと、湊はふいに目を潤ませる。

「……誓います……」

「いい子だ。……誓いのキスの予行演習を」

湊は小さくうなずき、キスをしようとするが……失敗して歯と歯がぶつかってしまう。

「いたっ！　でも、これは予行演習だから！　本番の時はちゃんとできるから！」

可愛い言葉に、思わず笑ってしまう。

私の愛した人は、こんなふうに麗しく、可愛らしく……そして本当に色っぽい。

END.

白銀の森で恋は始まる

エンツォと湊がモフモフのケモノ化!?

「見渡す限り広がって、真っ青で……海って本当に美しいんですよ」

「砂浜の椰子《やし》の枝に止まっていると、波の音が聞こえて、潮の香りがして……本当に幸せな気持ちになるんです」

針葉樹の枝に止まった小さな二羽の白い鳥が、オレに話してくれる。

「僕達は渡り鳥なので、今日、ここを出発します」

「ミナトさんとお別れするのは寂しいですが……海の上を飛ぶのはいつでもとても楽しいものなんですよ」

弾んだ囀《さえず》りに、オレの心が締めつけられる。

「いつかはオレも海に行きたい。だって……」

オレは、見渡す限りの雪原を見渡しながら言う。

「この森には、オレの居場所なんかどこにもないんだ」

オレの名前はミナト。カナディアン・ロッキーの麓《ふもと》、緑の濃い針葉樹の森に棲《す》むボブキャット。

ごくごく普通のボブキャットなんだけど、オレには一つだけみんなと違うところがある。みんなの身体は、木漏《こも》れ陽に溶け込む砂色の毛並みと黒い斑点《はんてん》模様。なのにオレの毛皮はなぜか真っ白。

身体に散る斑点もごくごく淡いベージュ。とても変わった色なんだ。

まだ雪がある今の時期ならまだしも……これから春になったら、緑の森の中で、オレの白い身体はとんでもなく目立つはずだ。

森の動物達は、変わった毛並みのオレをみんなでバカにする。クーガーに見つかって面白半分に遠くまで追いかけられたこともあるし、意地の悪いトナカイに角で突かれ、湖に突き落とされそうになったこともある。

「フランツとホアンはいいな。真っ白なのに堂々としてるし、素敵《すてき》な翼もある」

友人である二羽の鳥に言うと、彼らは顔を見合わせ、それから気の毒そうに言う。

「あなたにも翼があれば、一緒に飛んでいこうと誘えるんですが……」

「僕らが行く海は、ここから何百キロも先です。あなたにとって、そこはきっととても遠い場所で……」

ホアンは言いかけて、ふいに言葉を切る。フランツも何かに気づいたように頭を巡らせ、「ピイ！」と鋭く鳴く。二羽は大きく羽ばたいて、そのまま大空の向こうに飛び去ってしまう。

「フランツ、ホアン！」

驚いて呼ぶけれど、二羽はもう戻ってはこなかった。

「ミナト、また鳥なんかと話してるのかよ」

「あの鳥達も、どうかしているぜ。丸呑みにされるかもしれないのに」

「目の前の餌を食わないなんて、おまえはボブキャットの風上にもおけない弱虫だよ」

針葉樹の間から出てきたのは、三頭の若いボブキャット。オレと同じ群れに属するやつらだ。

オレは本当は、別の群れで生まれた。子供の頃からやんちゃだったオレは、一人で母さんのもとを離れて遊んでいて……そのまま迷子になってしまった。オレを助けてくれたのは今の群れの仲間。だから感謝しているけれど、やっぱり居場所はない。同世代のはずの彼らも、オレにいつもイジワルだ。

「フランツとホアンは友達だ！　丸呑みになんかしない！　それに、オレは弱虫なんかじゃないぞ！」

睨《にら》みつけながら言うと、三頭は可笑しそうに笑って、

「嘘をつけ。小鳥だけじゃなく、シカもウサギもリスも食べないだろ、おまえは？」

「川で魚ばかり捕《と》って……だからおまえは、そんなに小さいんだよ」

「『オレは獲物を捕れません。お願いだから助けてください』そう言えば、今度から美味しい肉を分けてやってもいいんだぜ？」

バカにするように言われて、オレは怒りを覚える。

「シカも、ウサギも、リスも、みんなオレの友達なんだ！　オレは友達を食べるなんてことはしない！」

叫ぶと、三頭はまた大声で笑う。それから、

「それはそうと、おまえも、そろそろ発情期だろう?」

その言葉に、オレは思わず眉を寄せる。

「そんなの、どうだっていいだろ? みんな、発情期、発情期って……」

群れの長老は、発情期が来たら自分の孫娘のパウラと交尾するようにってオレに命令する。パウラは年上で、身体もオレより一回り大きい。

前にフランツとホアンを食べられそうになったから、オレは彼女のことがすごく苦手だ。だけど長老は狩りが得意な彼女と結婚して、そのまま養ってもらえ、そんな白い毛皮じゃ目立ちすぎてろくに狩りもできないだろうって言うんだ。

「長老は、孫娘のパウラとおまえを結婚させる気まんまんだ。パウラも面食いだから、まんざらでもないってさ」

「パウラは、『私がミナトを美味しくいただくわ。そのまま彼を養うつもりよ』って言いふらしてるぜ。相手がパウラじゃ、おまえが襲われるって感じだけどな」

「メスに一生養ってもらおうなんて、オスとして恥ずかしくないのかよ?」

三頭が笑い、オレはカッと頭に血が上る。

「誰かに養ってもらう気なんかない! オレは群れを出て、旅に出る! 海を見に行くんだ!」

ずっと考えていたことを、思わず口にしてしまう。そしてオレは改めて、どんなにそうしたかったかに気づく。

「はあ？　海？　ああ……あの渡り鳥どもに、何かくだらないことを吹き込まれたな？」

「おまえみたいな弱虫が、旅なんかできるわけがない。群れの外には危険がいっぱいなんだぞ？」

「しかもそんな白い毛皮じゃ、すぐに襲われるぜ。夢みたいなことを言ってないで、そろそろ現実を見ろよ」

三頭は言いながら、ジワジワと近づいてくる。オレを取り囲んで鼻を鳴らして匂いを嗅《か》ぎ、なぜか涎《よだれ》を垂らさんばかりのいやらしい顔になる。

「ああ……やっぱおまえ、ものすごくいい香りだ」

「オスのくせに、群れの中のどんなメスよりも、いい香りがするぜ」

「それってやっぱり、オスを誘ってるってことだよな？　ああ、ムラムラする」

一頭が、無遠慮に鼻を近づけてくる。ムッとしたオレは、その鼻面を肉球で思い切り引っぱたいてやる。

「おかしなこと言うな！　バカ！」

叫んで、彼らの間を擦り抜けようとするけれど……。

「うわっ！」

いきなり横から体当たりを食らわされ、雪の中に転がる。同じ時期に生まれたのに、やつらはオレより二回りはデカくて体重も重い。すごい衝撃にクラクラする。

「ふざけたことをしてくれるじゃねえか」

一頭が怒った声で言い、前脚でオレの頭を上から押さえつける。雪に鼻が埋もれ、息が詰まりそうだ。

「ううっ！　うううっ！」

オレは窒息しないように必死で顔を背けて……そしてあることに気づく。

この三頭のことは物心ついた頃から知っているけど……彼らの身体からは、嗅いだこともないような不快な匂いが漂ってくる。それは饐《す》えたような脂《あぶら》っぽさと、不潔な獣臭さが濃く混ざり合った胸の悪くなるようなもので……。

長老から聞いた、「発情期になると、オスは身体の匂いが変わってくる」という言葉を思い出す。

……まさか、こいつら……。

「ああ、やっぱりこいつの香り、たまらないなあ。おかしくなりそうだぜ」

オレの頭を押さえた一頭が、息を荒くしながらオレの首筋をクンクンと嗅いでいる。残りの二頭が、オレの身体を検分するように周囲をグルグルと回ってる。

「腰が細くてスタイルがいいし、顔だってほかのメス達よりよっぽど美人だし……これなら十分ヤレるな」

「……っていうか、俺、本当は昔からずっと狙ってたんだよ。ああ〜、ミナト、可愛いぜ、ミナト」

一頭が、いきなり後ろからオレにのしかかろうとする。

「チクショ、やめろ！　このスケベ野郎！」

オレは叫んで、頭を押さえた脚を必死で振り払う。振り向きざまに一頭の頬を思い切り引っ掻き、ヤツらが怯《ひる》んだ隙に雪の中を全速力で走り始める。

「いてえ、引っ掻きやがった！　クソ、逃がすか！」

「おまえがあんまりいい香りを振りまくから、こっちは早めに発情期に入っちまったんだからな！」

「責任取って、全員にヤラせろよ！」

三頭は叫びながらオレを追ってくる。

群れの中で一番の俊足はオレなんだけど、こんな雪深い場所じゃ思いどおりに走れない。三頭に一斉に飛びかかられそうになって、オレは必死で方向転換をする。そして山の上に向かって崖を駆け上る。

ここよりも山頂に近い場所は、とても恐ろしい動物の縄張りだ。だから絶対に行ってはいけないと、長老からきつく言われてる。だけど……。

「こら、どこまで逃げる気だ！」

「やっべ、さっさと捕まえろ！」

三頭が、本気で飛びかかってくる。首に噛みつかれ、背中にのしかかられたら、もう逃げることはできなくて……。

……オレ、このままオスどもにヤラれちゃうのか？

オレがきつく目を閉じた時、オオォーン！　という聞いたことのない遠吠えが聞こえた。それは獰猛《どうもう》で、だけど陶然《とうぜん》とするような美しい響きで……。

「ひぃぃっ！　オオカミだっ！」

「逃げろっ！」

「殺されるぞっ！」

三頭は怯《おび》え切った声で叫び、オレを置き去りにしたまま転がるようにして山を駆け下りていく。

ボブキャットは、オオカミの縄張りである山頂近くには絶対に近づかない。俊敏な肉食獣として知られて小動物には恐れられるボブキャットだけど、統率力と力強さ、さらに獰猛さを合わせ持つオオカミは、ボブキャットなんかが対抗できるような相手じゃない。彼らは大きな群れを作り、狙った相手を必ず仕留《しと》める優秀なハンター。もしも怒らせたら、ボブキャットなんてあっという間に殺されてしまうだろう。

……だけど、その遠吠えは本当に美しい響きで……。

オレは、呆然《ぼうぜん》と声のほうを振り返る。針葉樹の向こう、高く聳《そび》える崖の上に、一頭の動物がいるのが見えた。

……あれが……オオカミ……。

オレはまるで魂《たましい》を奪われたかのように、その姿から目が離せなくなる。

……なんて美しい……。

長老から、オオカミの話は何度も聞かされてきた。彼らは、暗い灰色か茶色の毛皮を持っているはず。なのに……崖の上に凛々しく立つそのオオカミは、陽光を撥《は》ね返す、純白の毛皮を持っていたんだ。

……白い毛皮……オレと同じだ……。

見下ろしてくるのは、澄み切った菫《すみれ》色の瞳。とても珍しい花と同じ色の瞳に、オレは陶然と見とれ……。

純白のオオカミの傍《かたわ》らに、濃い灰色と金茶色をした逞しい体躯《たいく》の二頭のオオカミがふいに姿を現す。そこでやっと、オレは我に返る。

……何をボーッとしてるんだ、オレ！　あれはオオカミだぞ！　とっても恐ろしい動物だぞ！

オレは自分を叱りつけ、慌てて方向転換をして、そのまま全速力で山を駆け下りる。

……あんな大きな三頭に本気で追われたとしたら、オレなんか一瞬で追いつかれて、殺されてしまう！

オレは畏《おそ》れを感じるけれど……それよりも……。

……ああ、でも、なんて美しかったんだろう？

オレの脳裏には、あの白銀色のオオカミの姿がしっかりと焼きついてしまってる。

……オレ、どうしてこんなにドキドキしてるんだ？

エンツォ

……まさか、白い毛皮を持つボブキャットがいるとは。

私の名前はエンツォ。白銀色の毛皮を持ち、子供の頃は長生きできないと言われた森林オオカミ。だが今ではオオカミ族の王として生態系の頂点に君臨《くんりん》している。

……若く、凛々しく、そしてなんて麗しいんだろう。

私は、ボブキャットの姿を見下ろしながら思う。

ボブキャットは、ほっそりとしてとても美しい身体をしていた。ふわふわと柔らかそうな白銀色の毛並みに、繊細な模様を描く淡い砂色の毛。すらりと長い尾、飾り毛を持つ大きな耳。淡いピンク色の小さな鼻と、宝石のような茶色の瞳。クールに見えるとても綺麗な顔をしているが……煌めくその目は、どこかやんちゃな仔猫のようだ。

……私はこの山脈を統治する誇り高いオオカミの王。ほかの種族に関わることは極力避けてきた。なのに……。

「失礼、エンツォ様」

「セルジオ様がお呼びです。どうかお戻りを」

呼ぶ声に振り返ると、そこには逞しいオスのオオカミが二頭。彼らは、オオカミの王である私の側近だ。

黒味を帯びた灰色の毛並みを持つ方がジブラル。毛先がわずかに金色を帯びた茶色の毛並みを持つ方がリンだ。

「わかった」

私は名残惜《なごり》しい気分でボブキャットを再び見下ろす。彼は二頭の出現に驚いたように大きく飛び上がり、そのまま山を駆け下りていく。素晴らしい俊足だが、無鉄砲な走り。転がり落ちないか心配だ。隣に並んで見下ろした二頭が言う。

「純白のボブキャットですか。なんて珍しい」

「とても美しい毛並みですが、これから春になって雪が解けたら、とても目立ちそうですね」

「たしかに、白い体毛は、夏の間はとても危険が大きいだろう。……私も、他人のことは言えないが」

私が言うと、二頭は低く笑って答える。

「エンツォ様はたしかに白銀色ですが、この山脈に棲む動物を統《す》べる、王の中の王」

「小さなボブキャットとは、強さがまったく違いますよ。……さて、長老がご機嫌を損ねないうちに」

「わかった。……崖を一気に上るので、無理をしてついてくることはない」

私は言って、雪の残る黒い岩肌を蹴って切り立つ崖を駆け上る。オオカミ以外にこの険しい崖の上に棲める唯一の動物、アイベックス達が怯えたように逃げていく。

山頂近くにある広々とした草原。そして岩肌に開いた無数の洞窟。そこが私達の住処《すみか》だ。私は草原に居並ぶオオカミ達からの挨拶にうなずいて見せ、警護のオオカミに厳重に守られた入り口を抜けて洞窟の一つに入る。

そこにいたのは、数頭の老オオカミ。狼族の長老達だ。その真ん中にいるのはオオカミ族の前王、私の父親。堂々とした体軀と、ふさふさとした尾、濃い灰色の毛並みは、引退したとは思えないほどに若々しい。

「エンツォ。『王の座に慣れるまでは一人身でいたい』というおまえのワガママを通してはきたが、そろそろ潮時だ。今年こそ腹をくくって、伴侶を選ぶように」

父が重々しく言い、洞窟に集《つど》った長老オオカミ達が一斉にうなずく。一番の長老が、厳しい顔で言う。

「カナディアン・ロッキーに棲むオオカミの群れ、すべてに伝令を送った。今夜にも、花嫁候補の美しいメス達が、花嫁として到着する。彼女達のすべてと交尾して孕《はら》ませ、将来の後継者候補を産ませるように」

その言葉に、私は思わず眉を寄せる。

「エンツォ、これは山の王としてのおまえの義務だ。逃げることは許されないぞ」

父の言葉に、私は激しい胸の痛みを覚える。

……ああ……私には恋をする自由もないのか。

ミナト

群れに戻ったオレを迎えたのは、みんなの驚きの声だった。彼らの間から慌てて進み出た長老が、

「ミナト、無事だったのか！　オオカミに殺されたと思っていたぞ！　ちょっと喧嘩をしたくらいで、頭に血が上って崖を駆け上るなんて……なんて無茶をする子だ！」

「ちょっとした喧嘩？　そうじゃなくて……！」

オレは言いかけるけど、さっきの三頭が歯を剝《む》き出して威嚇《いかく》していることに気づいて言葉を切る。狩りの上手な彼らは長老のお気に入りだから、きっとオレが何を言っても信じてもらえない。

長老が重々しい声で、宣言する。

「おまえはまだ発情期には入っていないようだが……そんな無茶をするようでは心配で仕方ない。すぐにでもパウラとの結婚の儀を行おう。パウラに手取り足取り教えてもらえば、きっとそのまま発情期に入るだろう」

「そうよ、ミナト。私がオトナにしてあげるわ」

パウラが、舌なめずりをしながら言う。その牙《きば》はとても鋭くて、抵抗したら食い殺されそうだ。

「嫌です、だってオレは……ああっ！」

長老の合図で、若いボブキャット達が一斉にオレに飛びかかってくる。オレは彼らを必死でよけ、そのまま全速力で走りだす。

「ミナト！　止まりなさい！　長老に反抗するボブキャットは、群れにはいられないのだぞ！」

長老が怒った声で叫んでいるのが、風に乗って聞こえてくる。いろいろあったけれど、群れはオレにとって唯一の安全な場所だった。でも、オレは……。

……オレは、どうしても海が見たいんだ！　オレの魂が、ここを出て旅をしろと叫んでいるんだ！

オレは必死で走り……気づいたら、岩だらけの崖の前にいた。それは、あの純白のオオカミを見た場所だった。

……ああ、どうしてここに来ちゃったんだろう？

オレは吹き抜ける寒風に身をすくめながら思う。

……ここは、地上の動物と、支配者であるオオカミ達の縄張りの境界線。あんなに堂々とした大人のオオカミが、縄張りの端までしょっちゅう出てくるわけが……。

オレが思った時、ふいに崖の上に大きな獣が姿を現した。驚いたことに、それはあの美しい純白のオオカミだった。菫色の瞳で見下ろされて、オレの胸に怖さよりももっと別の感情が湧き上がってくる。

「ここに来れば、また会える気がした」

オオカミの口から、聞き惚れるような美声が漏れる。

「さっき、慌てて崖を駆け下りて行っただろう。おまえが転んでケガなどしなかったか、またひどいことをされたりしていないか……心配で、つい戻ってきてしまった」

ふいに言われた優しい言葉に、なぜか涙が出る。

「どうした？　やはりどこかケガをしたんだな」

彼は、身軽に崖を駆け下りてくる。近くで見ると彼は本当に逞しくて、オレは一瞬怯んでしまう。だけど、とても心配そうな顔で覗き込まれて、怖さも忘れてしまう。

「どこが痛いんだ？　大丈夫か？」

気遣うように言われて、オレは慌ててかぶりを振る。

「い、痛くないです。ケガとかしてません」

「本当に？　それなら、なぜ泣いている？」

「オレ、長老の命令に反抗してしまいました。群れにはもう戻れません。でも、それが悲しいんじゃなくて……」

オレは、涙が止まらなくなりながら言う。

「子供の頃に母さんとはぐれて、別の群れに拾われて、ずっと居場所がなかった。だから優しくされると……」

彼の鼻づらがふいに近づいて、オレの涙を大きな舌で舐め取ってくれる。母さん以外の誰かにこんな優しいことをされたのは初めてで……また涙が溢《あふ》れる。

「また泣いているな。私が怖いか？」

オレは自分でも不思議に思いながら、かぶりを振る。彼の舐め方はとても優しく、微《かす》かに触れた毛皮は柔らかく、そして彼からは、うっとりするようないい香りがした。あたたかい陽だまりと、爽《さわ》やかな草の香り。そこにごくわずかに麝香《じゃこう》の香りが混ざっている。鼻腔をくすぐるその香りだけで、なぜだか身体が熱くなって目眩がしてくる。

「そういえば、自己紹介もしていなかったな。私の名前はエンツォ」

その言葉に、オレはとても驚いてしまう。

「ほかの動物達から、聞いたことがあります。もしかしてあなたはオオカミ族の王様……？」

「たしかにそうだが、私は王には向いていない。夢ばかり見ていて、権力には興味がないんだ。それより……」

彼の菫色の瞳が、オレを真っ直ぐに見つめてくる。

「……おまえの名前を聞かせてくれ」

「名前はミナトです。……オレ、あなたにお礼を言わなくちゃ。あのままだったら、オレ、あいつらに……」

「君が無事でよかった、本当に」

彼は言って、オレの頬をもう一度舐めてくれる。

……ああ、彼はオオカミなのに……。

オレは陶然としてしまいながら思う。

……どうして、こんなに安心するんだろう？

エンツォ

「すっかり冷え切ってしまったな」

私は、ミナトの毛皮を舐めてやりながら言う。ミナトはプルプルとかぶりを振って言う。

「だ、大丈夫です。寒いのには慣れてるし」

その声は震え、可愛い鼻が青ざめてしまっている。

「こんな時に行く私だけの秘密の場所がある。……水は嫌いか？　泳げる？」

「水は嫌いじゃないです。魚捕りは得意なんです。でもこんな寒い日に湖で泳いだら、寒くて死んじゃいます」

「湖は凍っている。そんなところに入らせたりしないよ。……入ると身体があたたかくなる、魔法の泉がある」

「えっ？」

言うと、ミナトはとても驚いたように目を丸くする。

「何それ？　面白そうです」

「それならついておいで」

私は言って、スピードを出しすぎないように気をつけて、雪原を走り始める。ミナトは私の足跡を追うようにして、跳ねながらついてくる。小さな純白のウサギになってしまったかのようで、その姿はやけに微笑ましい。

「待って、エンツォさん！」

ミナトが楽しげにはしゃぎながら、私を追ってくる。見ているだけで、心があたたかくなるような光景だ。

私はミナトの速度に合わせてやりながら森を抜け、大きな滝を見渡せる川の近くに出る。

「すっごい！　水がたくさん落ちてる！」

「こっちだ。おいで」

私は驚いた顔のミナトを先導して岩の上を飛び、川を渡る。そして川のほとりにもうもうと湯気を上げている、不思議な泉に彼を案内する。

「うわ、なんですか？　水から雲が出てる！」

「これは湯気。これは温泉だ。とてもあたたかいよ」

私は言いながら、先に泉に入る。階段状になった岩を下り、深い場所に足を踏み入れる。そこに座ると、ちょうど首の下まで湯が来て、身体全体をあたためてくれる。

「わあ、わあ、すごい！」

ミナトは可愛い仕草で前脚で湯を跳ねさせ、それから思い切ったように泉に飛び込んでくる。

「水なのにあったかい！　不思議！」

驚いた顔で言い、スイスイと泳ぎ回る。ネコ科の動物は水が苦手かと思ったが、とても泳ぎが上手だ。

「この岩に座ってごらん。ちょうど頭が出るだろう」

私が言うと、彼は私のすぐそばに来て座る。

「……ふわあ、気持ちがいい……」

彼はうっとりとした顔で言い、それから周囲を見渡す。

「もうすぐ雪が解《と》けちゃうんですよね？　この山が全部が緑になったら、どうなるんだろう？　物心ついた時には、もう山は一面雪景色だったんです。だからオレ、草原を見たことがないんです」

「草がいっせいに風にそよぐ光景は、とても美しいよ」

言うと、ミナトは目を煌めかせながら、私を見る。

「わあ、すごく楽しみ！　早く見たいな！　でも……」

ミナトは、急に声を沈ませて、

「仲間は、雪が解けたらオレは長くは生きられないって言うんです。こんな白い身体じゃ、すぐに大鷲《おおわし》に攻撃されたり、クーガーに追いかけられたりするって。それにオオカミにも、面白半分に襲われるって……」

「私は、ボブキャットを襲ったりしないよ」

私が言うと、ミナトは大きくうなずく。

「わかってます。オレ、前はオオカミが怖かったんです。大きくて強そうだし。でも、エンツォさんのことは怖くありません。っていうか、すごく憧れます」

潤んだ瞳で見つめられ、鼓動が速くなる。どんなに長く走っても、私の鼓動は少しも乱れたりしなかったはずなのに。

「エンツォさんはすごく綺麗だし、オレにも優しくしてくれるし……とても憧れます。オレも、エンツォさんみたいに強い動物に生まれたかった。そうしたら……もっと早く旅にも出られたかもしれないのに」

「旅？」

私が言うと、彼は少し恥ずかしそうにうなずく。

「はい。オレ、海が見たいんです」

その言葉に、私はとても驚いてしまう。

「海？」

「笑われちゃうかもしれないんですけど……渡り鳥の友達に聞いて、海にずっと憧れていて……」

「私も、ずっと昔から海に憧れているんだ」

言うと、今度はミナトが驚いた顔をする。

「本当ですか？　エンツォさんも？」

「旅をする鳥達から、海は青く、広く、とても美しいと聞いている。一度でいいのでこの目で見たい、と」

ミナトは目を潤ませ、私を見つめてくる。

「こんなところに、同じ夢を持つ動物がいたなんて」

「もしかしたら、私達は前世でも会っていたのかもしれないね。君を見た瞬間に、胸がとても熱くなったから」

「僕達、海の上で出会ったのかも。だって、海のことを思うと、あなたといるのと同じくらいドキドキするから」

ミナトはうっとりと言い……それからふいに私から目をそらす。

「ああ……ちょっとのぼせたかもしれません。クラクラしてきたから、もう出た方がいいのかな?」

私はミナトを温泉から上がらせ、いつも休憩している近くの洞窟に彼を連れていく。干草を敷き詰めたそこに彼を座らせ、その身体をくまなく舐めて乾かしてやる。

「どうしよう、なんだか身体がおかしい……」

ミナトが、苦しげに息を弾ませながら切れ切れに言う。さっきまでベビーピンクをしていたミナトの可愛い鼻先が、今は濃いバラ色に染まっている。潑剌《はつらつ》と煌めいていた目が、今は熱を持ったように潤んでいる。

彼の言葉に、全身から血の気が引く。

「さっきまで、あんなに元気だったのに。急に湯になど入れたので、のぼせてしまったのだろうか?」

「……それだけじゃない気がします。なんだか、身体の奥から何かが……」

言いながらも、ミナトの身体が、ゆっくりと傾く。私は慌てて、彼の首の後ろ側を、仔オオカミにするようにして、とっさに咥《くわ》える。

「……ア……ッ！」

ミナトがとても驚いたように声を上げ、私は自分が何をしてしまったかに気づく。慌てて口を離して、

「すまない、悪かった。痛くなかったか？」

言いながら彼の身体を支え、柔らかい干草の上に横たわらせてやる。ミナトはその場にうずくまり、揃えた両手の上に小さな顎《あご》を載せる。丸く盛り上がった背中が、苦しそうに上下している。

「い、痛くないです……でも……」

「君のように身体の小さい動物にすべきではなかった。食われそうで怖かっただろう？」

「声を出したのは、怖かったからでもなくて……」

ミナトがかすれた声で言う。

「なんか……ビリビリッて、したから」

「ビリビリ？　身体が痺れているのか？　まさか、来る途中で毒蛇にでも噛まれたのでは……」

「毒蛇には噛まれてないです。でも、彼らに噛まれたら、こんな感じかも……」

ミナトは言い、だるそうなため息をつく。

「毒が回ってるみたいに熱くて、中からトロトロに溶けそうです。心臓がずっとドキドキしていて……あなたの香りに包まれていると、もっとひどくなって……」

「私に？」

「はい。ドキドキがひどくなって、身体がますます熱くなって、何かが溢れちゃいそうで……」

「ミナト、聞かせてくれ。それは、私が怖くなったということか？」

私が言うと、ミナトはプルプルとかぶりを振る。

「違います。会ったばかりだけど、オレ……」

潤んだ瞳が、私を真っ直ぐに見つめる。

「……あなたのこと尊敬するし、憧れるし、それに……」

彼は、まるで親猫に甘える仔猫のように、私の毛皮に頬を擦り寄せる。

「……あなたのこと、大好きになっちゃいました……」

舌足らずな声で言われた言葉が、私の鼓動を速くする。

……ああ、爽やかであたたかだった彼の香りが……今はなぜだかとても甘く……。

私は彼の首筋に鼻先を埋め、それからゆっくりとふわふわとした耳を舐めてやる。

「……ひ、ぁ……っ」

ミナトが驚いたように声を上げ、身体を震わせる。

「……だめ……ぇ……っ」

彼の唇から漏れたのは、いまにもトロトロに蕩《とろ》けてしまいそうなほど色っぽい声。

……これは、もしかして……？

私は思いながら、彼の柔らかな耳を甘噛みしてやる。

「……や……ぁあ……ん……っ」

彼の甘い声を聞くたび、私の身体がズクリと甘く痛んで熱を持つ。身体の奥から、獰猛な衝動が熱く湧き上がってきて……。

それは、今までに何度か経験のある感覚。春と秋の気温のいい時期、大人の獣なら誰しも経験することで……。

「ミナト、君は……」

私は彼の顔を覗き込みながら言う。

「……発情期に、入ったのでは？」

「えっ？」

ミナトがとても驚いたように目を見開く。それから呆然とした声で、

「たしかに、みんなから、『おまえはもうすぐ発情期だ』って言われてました。でもオレ、全然自覚がなかったから、そんなものは来ないだろうって……」

「いや、多分そうだ。発情期は、初めてだろう？」

私が言うと、ミナトが恥ずかしそうにうなずく。私は彼の首筋に鼻先を埋めて息を吸い込み、そこから立ち上るとんでもない芳香《ほうこう》を確認する。

「甘くて、とてもいい香りがする」

私は彼を怖がらせないように、首筋をゆっくりと舐めてやりながら話す。

「ボブキャットのフェロモンがオオカミに効くとは意外だが……君があまりにも色っぽくて、私もこのまま発情期に入ってしまいそうだ」

「あなたが……？」

彼はとても驚いた顔で私を見つめてくる。

「……オレはありふれた小さなボブキャットで、あなたは美しくて強い、森の王様。あなたがオレなんかに発情してくれるなんて……」

「怖い？」

囁くと、ミナトは私を真っ直ぐに見つめてくる。それからふいに目をそらして、恥ずかしそうに囁く。

「怖くないです。……とても、嬉しいです……」

私は彼の身体を鼻でそっと押し、干草の上に仰向《あおむ》けに押し倒す。

「……ああ……っ」

彼の両方の前脚を前脚で押さえつけ、その胸をゆっくりと舐め上げる。彼の小さな乳首が、硬く勃ち上がっているのがわかる。

「……ああ……ダメ……エンツォさん……！」

彼の後ろ脚が、ぴくりと宙を蹴る。

「……乳首、そんなに舐めたら……」

乳首を舌先で転がし、甘噛みしてやる。

「……ひ、ああ……ダメ……っ」

彼の身体に、細波《さざなみ》のような震えが走る。芳香がさらに強くなり、彼が感じていることが解《わか》る。

「このまま、君を食べてもいいか？」

私が囁くと、ミナトは気丈にうなずき、潤んだ目で私を見上げてくる。

「……あなたになら、何をされてもいいんです。オレを、食べて……」

誘うように甘く、しかしまだ幼さを残す声。技巧のない素直な誘惑が、私の理性を吹き飛ばす。

「……いい子だ、愛しているよ、ミナト」

私は彼を押さえていた前脚をどかす。そしてそのまま、彼の身体に沿ってゆっくりと顔を下ろしていく。

「……ああ……っ」

柔らかな腹を舐め、下腹を甘噛みし、それから……。

「……アアッ！」

彼の、切なく反り返った屹立を舐め上げる。

「……やあぁ……んん……っ！」

ミナトが切羽詰《せっぱつま》った声を上げて、腰を跳ね上げる。

「……ダメ、そんなとこ、舐めたら……ああん……っ！」

側面を濡れた舌でヌルヌルと刺激し、硬くなった先端をごく軽く甘嚙みしてやる。

「……ひ、う……ん……っ」

ミナトの屹立が、絶頂が近いことを示してビクビクと震えている。私は彼の屹立をたっぷりと口に咥え込み、思うさま濡れた舌でなぶってやり……。

「……ダメ……舐めないで……っ」

ミナトの若い屹立は苦しげなほどに硬く張りつめ、先端から透明な先走りをとめどなく溢れさせる。

私はとても甘く感じる蜜を余すことなく味わい、彼を追い上げるために舌での愛撫を激しくして……。

「……や、そんな……アアッ……アアッ！」

初めての発情期を迎えたミナトは、戸惑いながら、しかし確実に感じていた。

「……気持ちい……舐められるの……気持ち、い……」

ミナトは我を忘れたように甘く喘ぎ、とても色っぽく身体をくねらせる。

「……ダメ……なんか、出ちゃうっ」

ミナトはもつれた舌で言い、しなやかな脚で宙を蹴る。

「……エンツォさん……出る……なんか、出るっ！」

舌先で、一番感じやすい先端を強く刺激する。ミナトは、ビクビクッ！　と大きく身体を震わせ……。

「やあ……くううぅ、んっ！」

彼の屹立から、ビュクビュクッ！　と激しく欲望の蜜が迸《ほとばし》る。白い蜜が、私の顔をたっぷりと濡らす。

「……止まらな……なんか出るの、止まらない……！」

全身を震わせ、白い蜜をとめどなく迸らせながら、ミナトが混乱したように大きくかぶりを振る。

「……オレの身体、おかしくなっちゃった……助けて、エンツォさん……っ」

「初めての発情期なんだ。これくらいは射精するのが普通だよ。思い切り出してごらん」

囁いて、先端を舐め上げてやる。

「……ひ、ああ……っ！　みゃ、うぅん……！」

ミナトは仔猫のような声を上げてさらに蜜を搾《しぼ》り出し、そのまま目を閉じてぐったりと弛緩《しかん》する。ハア、ハア、と苦しげな息が彼の唇から漏れている。

「大丈夫？　初めてなのに、無理をさせた？」

心配になって聞くと、ミナトはゆっくりと目を開く。

「……エンツォ、さ……ん……」

潤み切った瞳で私を見つめ、かすれた声で囁く。

「……とっても……すごかった……今のが、交尾というものですか……？」

「いや。本当の交尾は、これから教えてあげる」

鼻先を使って彼の身体をそっと転がし、干草の上でうつぶせにさせる。ミナトは頬を干草に埋め、速い呼吸を繰り返している。

「そのまま、お尻だけを上げてごらん」

ミナトは尻を上げるが、長く優雅な尾は、恥ずかしげに両脚の間に巻き込まれている。だが、とても感じていたことを示すように、付け根がヒクヒクと震えている。

「それではダメだ。尻尾を上げて」

「……い、や……恥ずかしいから……っ」

かすれた声で言って、かぶりを振る。

「さっきまで、元気に尻尾をピンと上げていたじゃないか。どうして今は恥ずかしいんだ？」

囁いて耳を甘噛みしてやると、ミナトの全身に細波のような震えが走る。

「……アァ……ダメ……だって、今……」

ミナトは、尾を脚の間にさらに巻き込みながら言う。

「……お尻、ウズウズする……だからきっと、すごくやらしいことになってる……っ」

「悪い子だな。あんなにたくさん出したのに、まだそんなことを言うなんて」

私が言うと、彼はおずおずとその尾を上げる。露《あらわ》になった彼の蕾《つぼみ》はとても色っぽいバラ色に染まり、まるで誘うように収縮を繰り返していて……。

……ああ、見ているだけで、おかしくなりそうだ。

ミナト

オレのトロトロに蕩けた蕾に、熱くてとても硬いものがグウッと強く押し当てられる。

「……アッ……！」

それはとても逞しかったけれど、オレの蕾はヒクヒクと震えながら、はしたなく彼を包み込んでしまう。

「……アア……ッ！」

彼の逞しい屹立が、オレの入り口を押し広げながら、ゆっくりと押し入ってくる。大きくて、熱くて、怖いけれど……でもなぜだかとても幸せで……。

「動くよ。いい？」

耳元で囁かれ、オレは必死でうなずく。

「……して……もっと強くして、エンツォさん……」

オレの唇から、はしたない言葉が勝手に漏れる。

「いい子だ。獣の欲望に従って、うんと感じてごらん」

彼がオレの首筋をそっと甘噛みしながら、強くオレを突き上げてくる。

「……アア……エンツォさん……すき……っ！」

「私も大好きだ、ミナト……」

エンツォさんが囁いて、激しくオレを奪う。目の前が真っ白になり、オレの先端から蜜が迸り……。

「……ア、アア……ンッ！」

あまりの快感に、オレの内壁が痙攣《けいれん》しながら彼を締め上げる。彼はとてもセクシーなため息と共に、オレの最奥《さいおう》に、ドクンドクンッ！　と激しく蜜を撃ち込む。

「まだまだ君が欲しい。精が涸《か》れるまで注ぐよ。いい？」

彼がかすれた声で囁く。オレは必死で囁き返す。

「して……エンツォさん……もっと、して……！」

◆

「一緒に、この山を出よう」

エンツォさんの毛皮に頬を埋めていたオレは、彼の言葉にとても驚く。それから悲しい気持ちになって、

「でも、あなたはこの山脈の王、森林オオカミです。山を出ることなんか、きっと許されなくて……んん……」

彼のキスが、オレの言葉を遮った。

「私は、ミナトと永遠の契《ちぎ》りを交わした。一人で旅に出ることなど許さないよ」

彼の菫色の瞳が、オレを真っ直ぐに見つめる。

「愛する伴侶と二人で旅に出る。そして海を目指す。私はずっと、そう夢見てきた」

「……エンツォさん……」

「愛している、ミナト。すべての危険から、私が全力で君を守る。だから私と一緒に来てくれないか？」

彼の真摯《しんし》な目に、心が甘く痛む。オレはうなずいて、

「愛してます、エンツォさん。……それならあなたが危険な時には、オレが全力であなたを守ります」

言うと、彼は優しく微笑んでくれる。

「ありがとう。君は、凛々しく、美しく、そして強い。私は、最高の伴侶を見つけたようだ」

優しく囁き、耳をキュッと甘噛みされて……身体が、また甘く痺れてしまう。

エンツォさんの舌が、オレの首筋をゆっくりと舐め上げる。オレは洞窟の天井を見上げて喘ぎ、そのまま甘い快楽の渦に巻き込まれていく。

オレの恋人のオオカミは、ハンサムで、凛々しくて、獰猛で……そして、こんなふうに本当にセクシーなんだ。

END.

新緑の森で恋は深まる

「白銀の森で恋は始まる」のその後の二人は…!?

「……この間までの生活が、なんだか嘘みたい」

オレは、あたたかな干し草の上に横たわりながら思わず呟《つぶや》く。

ほんの数週間前まで、オレは自分と同じボブキャットの群れの中で暮らしていた。群れの中は安全ではあったけれど、みんなとは違う真っ白い毛皮を持って生まれたオレは、いつも疎外感と孤独を感じていた。そんな毛皮じゃ長生きできないとみんなに言われ、夢を持つことすら忘れそうになっていた。でも……。

洞窟の外に広がる美しい青空を見上げながら、オレは思う。

……今のオレは、なんて希望に満ちているんだろう？

オレの名前はミナト。カナディアン・ロッキーに棲むボブキャット。ほかの仲間は、木漏れ日に溶け込む黄色の毛皮を持っている。だけどオレの身体はなぜか純白。斑点もごく淡いベージュで、雪の解けた春の森の中ではとても目立ってしまう。

森には、ボブキャットよりも大きくて強い獣がたくさん棲んでいる。鋭い爪を持つ獰猛なクーガーや、粗野《そや》でとても力が強い熊、それに大きな角と蹄《ひづめ》を持つ意地悪なトナカイ。彼らは、身体の小さなオレにとってはとても危険な相手。あのまま森に棲んでいたら、オレは今頃生きていなかったかもしれない。でも……。

『おまえは私の生涯の伴侶だ。愛している、ミナト』

エンツォさんの優しい声が耳の奥に蘇《よみがえ》り、オレの胸を甘く痛ませる。

……でも、まさか、あんなに強くて凛々しい彼が、こんなに平凡なオレのことを愛してくれるなんて……。

エンツォさんは森で偶然に出会った逞しい狼で、このカナディアン・ロッキーを治める森の王だった。煌めく白銀の毛皮を持ち、美しい菫色の瞳をした彼にオレは一目で心を奪われ、忘れられなくなってしまった。

……それに、彼は本当に優しくて……。

彼と二人きりになっただけで、オレは不思議なときめきを覚え、身体が熱くなることに気づいた。そしてオレは、そのまま初めての発情期に入ってしまった。

エンツォさんはオレを最初は優しく、だけど最後には野生の狼らしく獰猛に奪い、そして生涯の伴侶だって言ってくれたんだ。

『愛する伴侶と二人で旅に出る。そして海を目指す。私はずっと、そう夢見てきた』

彼の言葉を思い出すだけで、勇気が湧いてくる気がする。

「……オレは彼の伴侶！　だから、何も怖くない！」

思いながら干草の上に立ち上がろうとするけれど……腰の辺りに力が入らず、そのままへなへなと座り込む。

「うう……エンツォさんが、昨夜、あんなにたくさんするから……」

群れから逃げ、二人一緒に発情期に入ってからもう二週間になる。詳しくは知らないけれど、普通なら交尾が済めば発情期は終わりそうな気がするんだけど……エンツォさんは毎晩のようにオレと交尾し、オレも彼が与えてくれる快感に我を忘れてしまって……。

「……あんなことされたら、気持ちよくなっちゃうよ。でも、『もっと』とか言っちゃうオレもオレなんだけど……」

オレは、恥ずかしさに身体が熱くなるのを感じる。思い出すだけでまた甘い気持ちに落ちていきそうになる。このままあたたかな干草の上で丸くなり、昨夜の記憶にひたりたい。でも……。

「いや、だらだらしてる場合じゃない！」

オレは自分に言い聞かせ、よろめきながら立ち上がる。

「エンツォさんが見回りに行っている間に、朝ごはんを用意しておく！　そうしたらきっと、エンツォさんは『なんて素晴らしいボブキャットだろう』って褒めてくれる！」

考えただけで、鼓動が速くなる。

エンツォさんは洞窟を出る時に、「近くに追っ手が来ていないか、確認してくる。できるだけ早く戻るから、ここでおとなしくしているんだよ」と囁いてオレの頰を優しく舐めてくれた。

「オレがフラフラなのを見て、そう言ってくれたんだろうけど……でもオレ、そんなに弱くないし！　身体は小さいけれど、誇り高いボブキャットだし！」

オレは呟いて自分を勇気づけながら、洞窟の出口に向かう。そしてそこから見える景色に思わず見とれてしまう。

「……わあ」

この間まで雪に覆われていた山は、すっかり春の姿。青々と葉を茂らせた森林と、瑞々《みずみず》しい緑の草に覆われた草原。木々の向こうに、キラキラと光りながら流れる川が見える。

「……やっぱり、緑の山は、本当に綺麗だ！」

白い毛皮を持つオレには、驚くほど危険が多かった。大きな肉食獣に見つかりやすいのはもちろん、上空からは鷲や大型のフクロウに狙われる。彼らは鋭いくちばしや爪を持っているから、ふざけ半分のからかいでも、簡単に命を落とすことにつながるんだ。

群れの長老は、「春になって雪が解けたら、もうおまえは生きられない」って言った。だから自分の孫娘と結婚して養ってもらえって。だけどオレには海を見るという夢があって……だからこうしてエンツォさんと旅に出て……。

……雪が解けたのに安全に暮らせるのは、強いエンツォさんのおかげだ……。

オレは思い、胸を熱くする。

……だからオレも早く大人になって、彼にふさわしい伴侶にならなくちゃ……。

「よし！　頑張って大きな魚を捕る！　それがきっと、大人への第一歩だ！」

オレは自分に言い聞かせながら、洞窟から走り出る。そのまま丘を下って木々の間に踏み込み、上から見えた川に向かう。

「すごい！　大きな魚がたくさん！」

丘の上からは小さく思えたけれど、川は近くで見るとすごい急流だった。渦巻く水の流れの中に、魚が群れを成している。頭から尻尾までの長さがオレと同じくらいありそう。とんでもなく巨大だ。

群れにいる頃によく行っていた川は、浅くて細く、小さな魚しかいなかった。だからこんな大きな獲物は捕ったことがないんだけど……。

魚は身体をくねらせ、銀色の細かい鱗《うろこ》を光らせながら力強く流れを遡《さかのぼ》っていく。オレは頭を低くして狙いを定め、それから一気に跳ぶ。そのまま水中の魚に飛びかかった……けど……。

「うぷっ！」

魚は素早く身を翻し、オレは何も捕まえられないまま水に沈む。身体の両脇を、大きな魚達がバカにするように悠々と泳いでいく。

……くそお、なんてすばしこい……！

オレは必死で前脚を伸ばし、ひときわ大きな魚を捕まえようとする。だけどその魚はいきなりその尻尾で、オレの鼻面を、ビシリッ！　と激しく叩いた。

「ミャウッ！」

オレは思わず声を上げ、水を飲んでしまって慌てて岸に上がる。岩の上でうつぶせになって咳き込み、両前脚で鼻を押さえて痛みに耐える。

「……ミャウウ……」

……痛い……ボブキャットの鼻は、すごく敏感なのに。

痛みに泣きたくなるけれど、そんなことで逃げていては、獲物なんか捕れるわけがなくて。

……くそ、魚に叩かれて逃げるわけにはいかない！

涙をこらえながら、岩の上に必死で立ち上がる。

オレは、小鳥やシカ、リスやウサギなんかとはすぐに友達になれる。海に行きたいという夢を持てたのも、仲良しの小鳥、フランツとホアンのおかげ。だから彼らのことは絶対に食べないんだけど……魚とは友達じゃない。そして彼らを捕って食べられなきゃ、飢えて死んでしまう。

……オレは獰猛なボブキャットだぞ！　魚にバカにされるわけにはいかないんだ！

オレは岩の上をグルグル歩き、水の色が濃い場所を探す。

……深い場所なら、きっと大きな魚がいる。できるだけ大きな魚を捕って、エンツォさんに褒めてもらうんだ！

オレは思い切って岩を蹴り、一番深そうな場所に飛び込んだ。得意の猫かきで潜水し、大きな魚影を必死で追う。もう少しで爪が届く、というところで……。

……わあ！

逃げていたはずのその魚が、いきなり方向転換をする。鷹《たか》のくちばしのように尖った口先。ギラギラと輝く桃色を帯びた鱗。それは、さっきオレの鼻先を尻尾で叩いた魚よりもさらに大きくて、ひときわ凶暴な魚だった。そのままものすごいスピードで向かってこられ、オレは命の危険を感じる。

……ああ、身体が動かない……！

オレは魚を見つめたまま、硬直してしまう。不思議とゆっくりに見える動きで鋭いくちばしが開き、オレの目を抉《えぐ》ろうと狙ってきて……。

……ああ、オレ、せっかく孤独じゃなくなったのに。エンツォさんと海を見に行くという夢もできたのに。なのに……こんなところで……。

バシャン！

音がして、いきなり凶暴な魚が目の前から消え失せた。オレは何が起こったのか解らないまま、必死で岩の上によじ登ってそのまま倒れ込む。

「……はあ……はあ……」

曇ったオレの視界に、岩の上に凜々しく立つ獣の四本の脚が飛び込んでくる。さっきの巨大な魚が恨めしげな目でオレを睨みながら、ビシンビシンと跳ねている。逃げようとするその魚の尾を踏んだのは、独特の鋭い爪。そこから続くのは、筋肉質のすらりと引き締まった長い脚。それは、狼のもので……。

「……エンツォ、さん……助かりました……」

オレは呼吸を必死で整えようとしながら、呟く。

「……オレ、この巨大魚に襲われてしまって……」

「巨大魚に襲われた？　これ、ただの鮭《さけ》だぞ？」

可笑しそうな声に、オレはギクリとする。

「まあ、おまえのような小さなボブキャットから見たら、たしかに巨大魚かもしれないが」

……エンツォさんに似た低い美声だけど、エンツォさんはこんな意地の悪いことを言ったりはしない。しかも……。

思いながら、ゆっくりと視線を上げ……。

「フシャアァーッ！」

オレは飛び上がり、とっさに戦闘態勢に入る。全身の毛が、ブワッと逆立ってしまう。

そこにいたのは、たしかに狼。だけどエンツォさんよりもさらに一回り逞しく、しかも漆黒の毛皮を持っている。鼻面が細くて顔立ちは整っているけれど、毛並みは汚れて草だらけ。麗しいエンツォさんとは似ても似つかない、野性的で獰猛そうな狼だった。

……ああ、どうして間違えたんだろう？　エンツォさん以外の狼は、ボブキャットを遊びで襲うこともあるとても危険な生き物なのに！

「ミナト、どうした！」

川べりの森の中から声がして、眩く光る動物が飛び出してくる。すらりとした脚、逞しい身体、陽光を撥《は》ね返す美しい白銀色の毛並み。そして凜々しく煌めく菫色の瞳。

「エンツォさん！」

オレは泣きそうになりながら、必死で彼の逞しい身体の後ろに逃げ込む。エンツォさんが、大きな黒い狼に向かって低く唸《うな》る。

「……おまえ……私のミナトに何をした……？」

地獄から響いてくるような凶暴な声。なのに黒狼はまったく臆《おく》せずに楽しげに笑う。

「何って……鮭に襲われている仔猫を見つけたから、助けてあげたんだぞ」

言って、足元でビシビシ暴れている魚を示してみせる。

「それに……エンツォ、おまえ、俺が誰だかわかってないだろう？　まったく水臭いやつだ」

「は？」

エンツォさんが驚いたように声を上げる。いぶかしげな顔でその黒狼を眺めて、

「こんなところで暮らしている知り合いは、一匹しか思い浮かびませんが……まさか、ブルーノ叔父さんですか？」

「やっと思い出したか、エンツォ！　ブルーノ叔父さんだぞ！　懐かしいなあ！」

言いながら身体を擦り寄せられそうになり、エンツォさんがするりと身をかわす。

「群れにいる頃のブルーノ叔父さんは、もう少し毛並みに気を遣っていた気がしますが？」

エンツォさんが言い、その黒狼がムキになったような声で、

「仕方ないだろう！　研究旅行の途中なんだ！　さまざまな爬虫類を追っているとだなあ……」

「あなたの毛皮があまりに汚いから、その可愛いボブキャットくんが怯えてしまったんでしょう。

可哀想に」

ため息まじりの声がして、木々の間からもう一匹の動物が姿を現す。

「……わあ……」

それはすらりと優雅な姿をしたクーガーだった。見たことのないような煌めく金色を帯びた毛並み、澄んだ若草色の瞳。大きな身体と強い力、俊敏さを合わせ持つクーガーは、ボブキャットにとっては恐ろしい相手。気まぐれにじゃれつかれただけでも、命を落としかねない。だけど……。

「……なんて綺麗な毛並み……」

オレは、怖さも忘れてそのクーガーに見とれてしまう。エンツォさんが、

「ミナト、紹介する。彼はアルベール。古代魚の研究をしながら旅をするクーガーだ」

「研究をしながら、旅をしているんですか？　なんだかすごい。憧れてしまいます」

アルベールさんはとても優しい目でオレを見つめ、オレの首筋をそっと舐めてくれる。

「久しぶりに会って、エンツォさんとつい話し込んでしまった。……エンツォさんから聞いたよ。君が、彼の伴侶になったミナトだね？」

「ええっ、伴侶？　堅物《かたぶつ》のお前が、ついに嫁をもらったのか？　しかも群れはどうした？」

ブルーノさんと呼ばれた黒い狼が、驚いたように言う。エンツォさんは眉間に皺《しわ》を寄せ、

「もうちょっとで、複数のメスと見合いをさせられるところでした。あの群れにもう未練はあり

ません。私にとって、伴侶と呼べるのはミナトだけです」

エンツォさんが言って、優しい目で見下ろしてくれる。オレの鼓動が、それだけで速くなってしまう。

「はあ～、なるほど。仔猫ちゃんかと思ったが、ちゃんと発情期に入っていたわけか。しかし、こんな小さな子と交尾しまくるなんて、そんな顔しておまえもなかなかのスケベ……ギャン！」

ブルーノさんが、いきなり悲鳴を上げる。見下ろすと、アルベールさんの脚が、ブルーノさんの脚を踏みつけていた。しかも爪をしっかり出した状態で。

「こんな純粋そうな子の前で、下ネタジョークはやめてください。教育に悪いでしょう」

若草色の瞳をキラリと光らせてブルーノさんを睨み、それからオレに視線を移して、

「……怖い目に遭《あ》わせてしまって悪かったね。綺麗な毛皮がびしょ濡れだ」

言って、またオレの身体を舐めてくれる。エンツォさんもよくオレの毛皮を舐めてくれるけれど、別の種族である彼の舌はとても大きくて滑らか。それに比べて同じネコ科のアルベールさんの舌はザラザラしていて、なんだか母さんを思い出してしまって……。

「……あ……」

その優しい舌の動きに、オレは思わず陶然としてしまう。

「……アルベールさんの舌、気持ちいい……」

「ミナト……君は本当に可愛い子だね。エンツォさんが夢中になるのもよくわかるよ」

オレの耳を優しく舐めながら、アルベールさんが囁く。

「なんだか、私まで夢中になりそうだ」

キュッと耳を甘噛みされて、オレの身体がピクンと跳ね上がる。

「……あ……アルベールさん……っ」

「可愛い声だね。耳を噛まれるのが、好き?」

アルベールさんが囁いて、耳をまた優しく噛んでくる。

「……あ……そこ、噛まれたら、オレ……」

エンツォさんに奪われた時の快感が、身体の奥に蘇る。目の前が霞《かす》み、下腹までジンジン熱く痺れそう。

……ああ、オレの身体、なんだか変かも……。

「ありがとうございました、ミスター・アルベール。ですが、もう十分です」

エンツォさんが言って、オレの首筋を噛んで身体をそっと引き寄せる。

「ミナトはまだ発情期の最中で、少し敏感になっています。あなたの舌の感触は、彼には少し刺激が強すぎるようだ」

「あ……ごめんね、ミナト」

アルベールさんが苦笑して、呼吸を乱れさせてしまったオレを見下ろしてくる。

「旅を続けているから、ネコ科の動物との接触は久しぶりなんだ。君の毛皮があまりにもいい香りで、しかも仔猫のようにふわふわで……つい加減を忘れてしまった」

「いえ、オレこそ、変な声を出してごめんなさい」

オレは、鼻が熱くなるのを感じながら慌てて言う。

「初めての発情期だから……なんだか身体が暴走しちゃうみたいで……」

「いい！　妬《や》けるけれど、とてもいい！」

いきなりブルーノさんが叫び、オレは驚いて彼を振り返る。ブルーノさんはやけに嬉しそうに、

「麗しい大人のアルベールと、初めての発情期を迎えたミナト！　二人がじゃれ合う姿は、神々《こうごう》しく、しかもとても色っぽく、見ているだけでこちらまで発情しそうな……ギャン！」

アルベールさんの前脚がいきなり上がり、ブルーノさんの鼻面を引っぱたいた。しかも、鋭い爪がしっかり出されている。

「このケダモノ。いやらしい妄想はやめなさい」

アルベールさんは怒った声で言い、それからオレとエンツォさんを見比べる。

「ハネムーンのお邪魔をして、申し訳ありませんでした。私達は、このまま研究の旅を続けます。また、いつかどこかで」

「はい。また、どこかで」

オレは名残惜しい気持ちを抑えながら言う。エンツォさんが痛そうな顔をしているブルーノさんを見て、呆《あき》れたため息をつく。

「またどこかでお会いしましょう。不肖《ふしょう》の叔父をよろしくお願いします。おかしなことを言ったらいつでも叩いてやってください」

「では、遠慮なく。……ぐずぐずするなら置いていきますよ、ミスター・ブルーノ」

言ってしなやかに跳ね、アルベールさんはそのまま森林の中に駆け込んでいく。

「うわあ、待ってくれ、アルベール！」

ブルーノさんは後を追おうとし、それからオレを振り返って片目を閉じる。

「その巨大魚は、結婚のお祝いだ。……これからもエンツォを頼むぞ」

言って踵《きびす》を返し、素晴らしいスピードでアルベールさんを追い始める。オレは呆然と二頭の消えた方を見つめ……それから足下の岩の上に置かれた大きな魚を見下ろす。

「これ、あんまり珍しくない魚なんですね。オレ、もっと小さな魚ばかり捕っていたから、襲われた時には巨大魚だと思って取り乱しちゃって……」

「鮭はくちばしのような口と鋭い歯を持っていて危険だし、君にとっては大きいだろう。怖がるのも無理はない。……美味しい魚だから、今日のディナーはとても豪華になりそうだ」

エンツォさんは言って、優しくオレの耳を舐めてくれる。

「ひゃん！」

さっきの余韻で感じやすくなっていた身体が、ビクンと震えてしまう。

「だが、その前にやるべきことがある」

真剣な顔で見下ろされて、オレは思わず姿勢を正す。

「な、なんですか、エンツォさん」

「発情期の最中とはいえ、ほかのオスの愛撫で感じてしまった君に……」

エンツォさんが獰猛な声で囁いて、オレの首筋をそっと甘噛みする。

「……ああん……」

「……うんと、お仕置きをしなくてはいけない」

その囁きだけで、オレの身体がふわりと熱くなる。オレは照れてしまいながら、彼に囁き返す。

「……もう、エンツォさんの、やきもち妬き……」

◆

「……もう、エンツォさんの、やきもち妬き……」

オレは寝言でそう呟き、ハッと目を覚ます。慌てて顔を上げると、そこは緑の森林ではなく、豪華客船『プリンセス・オブ・ヴェネツィアⅡ』の豪奢《ごうしゃ》なロイヤル・スウィート。オレはライティングデスクに突っ伏して居眠りをしていたらしい。

「目が覚めた？」

可笑しそうな声に振り返ると、純白の船長服姿のエンツォが、ソファで微笑んでいる。思わず時計を見ると、時間は夕方の五時半。エンツォの勤務が終わる時間を三十分も過ぎている。

「わあ、起こしてくれればよかったのに！」

「あまりにも安らかに眠っていたので、寝顔に見とれていた。ディナーの予約まではまだ少し時間があるし。……寝言を言っていたようだが、夢でも見ていた？」

「そうだよ！　あなたが狼になった夢を見てたんだ！」

エンツォの言葉に、オレはさっきまでの夢を鮮明に思い出す。

「なるほど。わかった」

エンツォがクスリと笑って、
ソファから立ち上がり、オレの身体を軽々と抱き上げる。

「えっ？」

「君のリクエストに応《こた》えることにするよ」

彼はオレを抱いてリビングを突っ切り、ベッドルームに入る。そのままベッドに押し倒されて、オレは慌ててしまう。

「わあ！　何か誤解があるみたいなんだけど……！」

オレが言うと、エンツォは不思議そうな顔になる。

「誤解？　今すぐに狼になってくれという意味だろう？　ほかに意味が思いつかないのだが」

「そうじゃなくて！　そのままの意味だってば！　あなたが本物の狼になった夢を見たんだよ！　森に棲んでて、毛皮がもふもふしてるんだ！」

オレが言うと、エンツォは楽しそうに、

「私が狼なら、君はなんだったんだ？　仔リス？　それとも仔ウサギ？」

「違う！　オレはボブキャット！」

「ボブキャットか。なるほど、敏捷《びんしょう》さとしなやかな美しさが、君にぴったりかもしれないな」

「大人のボブキャットなら大きくて強そうだと思うんだけど……オレはまだ小さくて、初めての発情期になったばっかりだった」

「なるほど、ますます君にぴったりだ」

エンツォが言い、オレに睨まれているのに気づいて苦笑する。

「君が子供っぽいと言っているのではなく、純情なところがイメージに合っているという意味だよ。……それで？　どんな夢だったのか話してくれる？」

「わかった。……ええと……」

オレは少し考えて、

「あなたは綺麗な白銀の狼で、オレは白くて変わった毛皮のボブキャット。あと、ブルーノさんが黒い狼で、アルベールさんが金色のクーガー」

「そんなに登場人物が多かったのか。で、『やきもち妬き』という寝言の意味は？　何か私にやきもちを妬かせるようなことが起きたのかな？」

ちらりと睨まれて、オレは思わず笑ってしまう。

「アルベールさんが、オレの耳を舐めてくれたんだ。オレ、発情期だったからちょっと身体が熱くなっちゃって。それを見たあなたが、嫉妬して……」

「コクトー博士に耳を舐められて、身体を熱くした？」

エンツォが秀麗《しゅうれい》な眉間に皺を寄せながら呟く。オレは慌てて、

「違う、違う！　クーガーのアルベールさんだよ！　ほら、ネコ科の動物の舌って、ザラザラしてるだろ？　だからその刺激でなんだか感じちゃって……あ……っ！」

エンツォの顔が近づいて、オレの耳にキスをする。そのままキュッと甘噛みされて、オレの身体がひくんと跳ね上がってしまう。

「人間の君も、発情期中のようだな。……うんとお仕置きしなくては、危険で仕方がない」

囁いて耳たぶを噛まれ……オレの身体がそれだけで蕩けそうに熱くなる。

オレの恋人は、ハンサムで、セクシーで……そしてこんなふうに狼みたいに獰猛なんだ。

END.

Space of Enzo

舞台を宇宙に移して…超スピンオフ！

『セルジオ・バルジーニ総統は、地球連邦の全面降伏を要求してきた』

その言葉に、私の胸が強く痛む。

『もしもその要求を呑めば、地球はバルジーニ星の植民地となり果てる』

……植民地になる？　懐かしい故郷である地球が……？

考えただけで、全身から血の気が引く。

西暦二千五十年。地球は一つの連邦国となり、長い戦争の歴史は幕を閉じた。

しかしその地球に、今、さらなる危機が迫っている。

遥《はる》か五千光年の彼方で、栄華を極めたバルジーニ星。その支配者であるセルジオ・バルジーニ総統は、知的生命体の生息する星をことごとく植民地として支配してきた。そして、彼の次なるターゲットは私達の故郷、この地球だ。

バルジーニ星に棲む知的生命体は、見た目は地球人の男によく似ている。すらりと背が高く、端麗な顔立ちをしているのが特徴だ。しかし彼らはその美しい見た目を裏切って、とんでもなく好戦的で残忍な種族だ。彼らの手によって、従うことを拒否したいくつもの星が破壊されたと聞く。バルジーニ星の支配下に置かれたら……地球にきっと未来はない。

私は、故郷である日本に残してきた、両親と妹の顔を思い出す。

……自分にこんな大役が果たせるかは、解らない。でも精一杯務めなくては……。

私の名前は倉原湊。二十七歳。地球連邦軍、宇宙艦隊に所属する軍人。現在は宇宙巡洋艦『月《つき》島《しま》』の艦長を務めている。

二週間前から突如始まった、バルジーニ星からの攻撃。迎え撃つはずだった地球連邦軍の宇宙空母や宇宙戦艦は、バルジーニ軍の手によって壊滅し、宇宙の塵《ちり》となった。

現在、地球連邦軍に残された宇宙船はただ一隻。たまたま月面ドックで修理中だったこの『月島』だけ。外界との通信を遮断され、月面基地で定期訓練を受けていた私達は、突然のこの事態に戸惑うばかりだ。

この『月島』の大きさは、一万三千トン。六万トン以上あったほかの宇宙空母や宇宙戦艦とはまったく比べ物にならないほど小さい。装備も百三十センチ連装砲がたったの二基。

私は、訓練生時代から乗り続けてきたこの『月島』をずっと愛してきた。攻撃力は弱いけれど、美しく俊敏な巡洋艦で、地球周辺の平和を守ってきたという自覚がある。だが……。

『地球の未来は、君達の肩にかかっている』

メインパネルに映った地球連邦軍総司令官、ビリー・ワシントン大統領が重々しい声で言う。

『頼んだぞ、クラハラ艦長、そして「ツキシマ」の諸君』

ブリッジにいるメンバーは、直立不動の姿勢のままメインパネルに向かって敬礼をする。

メインパネルの向こう、地球連邦作戦司令室に集った司令官達も、私達に敬礼を返してくれる。

彼らの顔に浮かぶのは悲痛な表情。まるで、今から命を捨てに行く人を見送るかのような。

『武運を祈る』

大統領の苦しげな声を最後に、通信が切れた。メインパネルの画面に映し出されたのは、漆黒の宇宙《そら》を彩《いろど》る数え切れないほどの星。それをバックにして美しく煌めくのは、まるで青い宝石のような私達の地球。

「こんなに美しい星が奪われてしまうかもしれないなんて。故郷である地球には、家族や友人がいるのに……」

かすれた声で呟いたのは、この船の通信責任者のフランツ・シュトローハイム大尉。栗色の髪と紅茶色の瞳をした麗しい青年だ。

「地球軍が誇る最新鋭の宇宙空母や宇宙船艦が、すべて撃破されてしまったなんて……バルジー二星の艦隊というのは、どんなに強大なんでしょう……」

震える声で言ったのは、運行責任者のウイリアム・ホアン大尉。黒髪と黒い瞳の美形。二人は私の訓練生時代からの友人で、ずっと同じこの船に勤務してきた同志でもある。

「……この小さな巡洋艦一隻で、敵《かな》うわけがありません……」

「艦内にいる乗組員全員に向けて、放送をしたい。準備をしてくれないか？」

私が言うと、二人は驚いたように顔を上げる。シュトローハイム大尉がうなずいて、スイッチを切り替える。ブリッジに設置されたカメラがオンになり、私の顔がメインモニターに映し出された。

「艦長の倉原だ。みんな、少しだけ話を聞いてほしい」

私の言葉が、艦内に響き渡る。

「この『月島』が月面基地を飛び立ったことは、バルジーニ星の艦隊にはすでに把握されているはず。きっとすぐに攻撃が始まるだろう」

ブリッジにいるメンバーが、怯えたように微かに息をのむのが聞こえる。

「たしかにバルジーニ星の戦力は強大だが、私達は負けるわけにはいかない。大切な家族や友人達、そして故郷である地球を守るのが、私達の絶対の使命だ」

私はカメラを見つめて、乗組員の一人一人に届くようにと願いながら言葉を続ける。

「……だが、私はバルジーニ軍と戦う気はない」

「……では……このまま無条件降伏すると……？」

ホアン大尉が呆然とした声で言う。私は彼を振り返ってかぶりを振る。

「それでは、私達が来た意味がない」

言って、カメラに向き直る。

「……バルジーニ軍は、宇宙史上類を見ない強大な力を持った艦隊だと聞いた。そしてバルジーニ星人は、凶暴で好戦的な種族だとも。しかし高度に進化した知的生命体であることも事実。交渉のできない相手ではないはずだ」

「……バルジーニ軍と……交渉……？」

シュトローハイム大尉が、信じられない、という顔で言う。

「……そんなことができるんでしょうか？」

ホアン大尉の言葉に、私はうなずく。

「危険なことは十分わかっている。バルジーニ艦隊は、地球連邦の大統領ですら交渉を諦めた相手だ。交渉どころか、即時攻撃されるかもしれない。だが……私は、試してみるだけの価値はあると思う」

私は言い、カメラに向き直る。

「私達は全員、定期訓練が終わってすぐ強制的に乗船させられた。詳しい事情を知ったのはついさっき。こんな危険な任務につくとは誰も想像もしていなかった。君達も、そして君達の家族も」

私は、いつものように笑って送り出してくれた両親、そして妹の渚《なぎさ》の顔を思い出す。

本当なら訓練を終えた私は、今日の夕方には東京の自宅に戻るはずだった。渚からねだられて基地の売店で買った『限定・月面キッディ』の宇宙携帯ストラップは、今も制服のポケットに入ったままだ。

……このまま、二度と家族には会えないかもしれない……。

私はスラックスのポケットに手を入れ、ストラップをそっと握り締める。本当ならすぐにでも地球に帰りたい。だが……。

「この船には、緊急避難用の脱出艇が積まれている。君達は全員、それに乗って地球に戻ってほしい。この船には自動操縦装置があるので、私が一人で残っても、このまま航行が可能だ」

「あなたを置いていくなんて、そんなことできません、クラハラ艦長！」

叫んだのは、シュトローハイム大尉だった。隣にいたホアン大尉も深くうなずいて、

「僕達は、あなたと最後まで運命を共にする覚悟です！」

「交渉ができるかすらわからない。攻撃されるだけでなく、捕虜として捕まる場合もある」

私の言葉に、彼らの顔がわずかに青ざめる。しかし二人は気丈に私を見返して、

「それでも、僕達はあなたと一緒に行きます！」

「どんなことになろうとも、覚悟はできています！」

彼らのきっぱりとした声に、胸が強く痛む。

「……シュトローハイム大尉、ホアン大尉。私は……」

言いかけた時、コンソールのランプが一斉に点灯し、ブリッジに警報音が鳴り響いた。コンソールの画面を覗き込んだホアン大尉が、

「二時の方向より、大艦隊が接近中！　距離五千宇宙キロ、速度、三千宇宙ノット！」

「三千宇宙ノット？　なんて速さだ……」

私は一瞬呆然とし、それから艦長席に戻りながら叫ぶ。

「メインパネルに表示してくれ！」

メインパネルの半分が真っ赤な光の点に包まれ、ブリッジのメンバーが驚いたように声を上げる。見たこともないような大艦隊が、この船の位置を示す白い三角形に近づいてくる。

「巨大な宇宙空母を先頭に、多数の大型戦艦が接近中！　その数、千二百！」

　ホアン大尉が震える声で叫ぶ。私はその規模を確認し、それから覚悟を決める。

「地球に戻るものは、即時、脱出艇に乗り込んでくれ！　私が援護する！」

「クラハラ艦長！」

　シュトローハイム大尉が、ヘッドフォンを外しながら言う。

「別の部署の責任者達から、艦長宛に通信が入っています！　小型モニターに表示します！」

　ブリッジ側面の小型モニターが三分割され、それぞれに、部署の責任者達の顔が映る。機関科の責任者は小暮《こぐれ》少尉、整備科の責任者は飯島《いいじま》少尉、衛生科の責任者は南条《なんじょう》少尉。小暮少尉と飯島少尉はいかつい顔と大柄な身体で、カーキ色の軍服がよく似合っている。南条少尉はほっそりとした美青年で、軍服ではなく白衣を着ている。いずれも、私の学生時代からの友人だ。

　……こんなことさえなければ、私達はこの船で仕事を続けることができただろうに……。

『機関科、地球への帰還を希望するものは一人もおりません』

『整備科、同じく、地球への帰還を希望するものは一人もおりません』

　小暮少尉と飯島少尉が、厳しい顔で言う。南条少尉が、

『衛生科、地球への帰還を希望するものはおりません。全員が、艦長と運命を共にする覚悟です』

　きっぱりとした口調で言う。彼の強い瞳を見て、ふいに学生時代を思い出す。美しい彼は『雪《ゆき》緒《お》姫』とみんなから呼ばれて、いつも私の後ろに隠れるようにしていて……。

……なのに、今はこんなに強くなって……。

「……みんな、ありがとう」

私が言うと、三人が揃って敬礼をしてくれる。胸が締めつけられ、視界がふいに曇る。しかし、私はこの船の艦長だ。彼らに涙など見せるわけにはいかない。

「君達の勇気を無駄にしないように、精一杯交渉を……」

私が言いかけた時、シュトローハイム少尉がその言葉を遮る。

「艦長、緊急通信が入っています！　この周波数は……地球からではありません！」

……来たか……。

「メインパネルに切り替えてくれ」

言うと、メインパネルが明るくなる。ただ画面は激しい砂嵐を映すだけで、通信を送ってきた相手の姿は見ることができない。

『……私は、バルジーニ艦隊総司令官、エンツォ・フランチェスコ』

画面は乱れたままだったが、音声は不思議なほどはっきりと聞こえた。驚いたことに、相手は翻訳プログラムを通さずに、地球の言語で話していた。癖のない完璧な発音の英語、そしてバリトン歌手のような美声。

『即時停船し、船籍と船名を述べよ。従わなければ砲撃を行う』

「この船は地球船籍、地球連邦軍宇宙巡洋艦『月島』。私は、艦長のミナト・クラハラです。

……フランチェスコ司令官、我々は戦いなど望んではおりません。ですが故郷である地球を奪われることは、命を奪われるに等しい。私達はそのための和平交渉を……」

『きちんと顔を見て話そうではないか、クラハラ艦長』

フランチェスコ司令官の声が、私の言葉を遮る。

『私の空母を、君の巡洋艇に接舷《せつげん》する。ハッチを開けてくれ』

彼の声にはなんの感情も表れていない。なのに、なぜかやけに甘く……。

「わかりました。お待ちしています」

『……なかなか勇ましいな。君に会うのが楽しみだよ、クラハラ艦長』

囁くように声を潜《ひそ》められて、ふいに目眩がする。私は必死で冷静な様子を装いながら、

「フランチェスコ司令官、私もお会いするのが楽しみです」

彼が、ごく微かに笑ったような気がした。通信がふいに途絶《とだ》え、雑音だけがブリッジを満たす。

鼓動がやけに速く、頬が熱い。まるで危険な薬物でも摂取してしまったかのようだ。

「……なんだか……ものすごくセクシーな声だったよね……」

シュトローハイム大尉が、うっとりとため息をつきながら言う。

「……うん……声だけでちょっとドキドキしちゃった……」

ホアン大尉が答え、ほかのメンバーもうなずいている。私はブリッジを見渡しながら、彼らの頬が一様に染まっていることに気づく。

……とても危険だ……。

私は、スッと背筋が寒くなるような感覚を覚える。

……あんなに恐れていたはずなのに、声を聞いただけでみんなが警戒心を解いてしまっている。

バルジーニ星の知的生命体は、これを武器にしているのかもしれない……。

◆

私とシュトローハイム大尉、そしてホアン大尉は、フランチェスコ司令官を迎えるために、ハッチの前に並んでいる。二人とも、今は青ざめて緊張した面持ちだ。

「接舷確認。ハッチ、開きます」

海曹長が緊張した声で言い、ハッチ脇のコンソールパネルを操作する。チにつけられたランプが青色に変わる。そしてゆっくりと扉が開き……。

そこには、黒の軍服と、同じ色の軍用マントを羽織った長身の男が立っていた。副官らしき二人の男を従えて凛々しく立つ彼は、煌《きら》めく黄金色のオーラに包まれている。

まるでギリシャ彫刻のように逞しい、その身体。

艶のある漆黒の髪、健康的に陽灼けした、滑らかな頬。

意志の強そうな眉と、高貴な細い鼻梁《びりょう》、引き締められた男らしい唇。

見つめてくるのは、氷のように冷たい視線。しかしその奥に不思議な獰猛さを感じる。

彼の瞳は、現在の地球ではとんでもなく貴重な宝石……アメジストの色をしていた。

……ああ……なんて美しいんだろう……?

頬が熱く、そして鼓動がどんどん速くなる。

……そして、私はいったい、どうしてしまったんだ……?

「私は、バルジーニ艦隊総司令官、エンツォ・フランチェスコ」

スピーカー越しではない彼の声は、さらに深い響き。彼は、後ろに控えた二人を示す。

「そして彼らは副官のクリース・ジブラルとデイビッド・リンだ」

ジブラルと呼ばれたのは、黒髪に黒い瞳をしたエキゾティックな雰囲気の男。そしてリンと呼ばれた方は、金茶色の髪と緑がかったヘーゼルの瞳をしている。どちらも映画俳優のような美形だ。

ジブラルの視線は私の左脇に立ったシュトローハイム大尉に、そしてリンの視線は私の右脇に立つホアン大尉に、真っ直ぐに注がれている。見つめられた二人が揃って頬を染め、うっとりとため息をついたことに気づいて、私は思わず眉を寄せる。

……副官達も、視線だけで二人の警戒心をあっさりと解いてしまった。バルジーニ星人とは、なんという恐ろしい種族なんだろう……。

私は内心青ざめ、それから覚悟を決めて顔を上げる。

「私が艦長のミナト・クラハラ。彼らはフランツ・シュトローハイムとウイリアム・ホアン。私の部下であり、友人です」

声が微かに震えている。フランチェスコ司令官の顔から、目をそらすことができない。

彼はたしかにうっとりするほど麗しい男だ。しかしそれだけではなく……。

……なぜ、こんなに懐かしい気持ちになるのだろう……？

私の胸を締めつけているのは、憧憬《しょうけい》にも似た不思議な感情。しかし、国交のない別の星に生まれた彼と、地球人の私が、今までに一度でも会ったことがあるわけがない。なのに……。

「遠い昔、どこかで会ったことがある……」

フランチェスコ司令官の唇が動き、微かな囁きが漏れる。

「……君もそんな気がしないか、クラハラ艦長？」

彼の言葉が、冷静でいなくてはいけない私の心を容赦なく揺らす。

……これはきっと獰猛なバルジーニ星人のいつものやり方。こうして相手の警戒心を解き、きっとすべてを奪っていく。でも……。

私は身体のすみずみまでを満たす甘い戦慄を感じながら、震えるため息をつく。

……ああ……このままこの感情にすべてを任せることができたら、どんなにいいだろう……？

私は拳《こぶし》を握り締め、地球に残してきた家族、友人、そして地球軍の同胞たちのことを思い出す。

……彼らを裏切ることはできない。独裁者セルジオ・バルジーニ総統と、このエンツォ・フランチェスコが率いるバルジーニ軍は、地球を植民地にしようとしている。そしてほぼすべての戦力を失った地球にとって、これはきっと最後の交渉の機会だ……。

「フランチェスコ司令官。あなたと二人きりで話がしたい。護衛はなしで」

私は、彼を見上げて言う。フランチェスコ司令官の唇に、微かな笑みが浮かぶ。

「私と二人きりになろうとするなんて、君はとても勇気がある。バルジーニ星人がどういう種族か、噂は聞いているだろうに」

彼の瞳が、飢えた肉食獣のように獰猛に光る。私の中に、本能的な怯えがよぎる。しかしそれは怖いというだけでなく、どこかとても甘美《かんび》で……。

フランチェスコ司令官は、二人の部下を振り返って言う。

「ジブラル、リン。私は彼と話がある」

「了解しました。我々は部屋の外で待機しておりますので……」

「あの、よかったら、お二人は士官用のカフェにいらっしゃいませんか？」

フランツが、ジブラルを見上げながら言う。

「この船には天然の茶葉を積み込んでいますし、僕、紅茶を入れるのが得意なので……」

その言葉に、ジブラルが微笑む。

「ごちそうになります。ちょうど喉が渇《かわ》いていたところです」

「あ、ほかの星からいらした方のお口に合うかどうかわかりませんが」

「バルジーニ星にも紅茶はあります。ですが、天然物の茶葉はとても貴重だ。楽しみですよ」

見下ろされたシュトローハイム大尉が頬を染めている。二人は並んで話しながら廊下を歩き出す。

「よかったら私にも、お茶をごちそうしていただけませんか?」

リンと呼ばれていた金茶色の髪の男が、ホアン大尉の背中にさりげなく手を回す。

「はい、喜んで。ちょうどめったに手に入らない中国茶があるんです」

見上げるホアン大尉の目が、うっとりと潤んでしまっている。

「二人のことが心配ですか?」

笑いを含んだ声で聞かれて、後姿を見送ってしまっていた私はハッと我に返る。

「いえ。失礼しました。……艦長室にご案内します」

私は先に立って廊下を歩き、上階の船尾側にある艦長室に入る。貴重な木材がふんだんに使われたリビングの内装はまるで昔の客船の船長室のようで……私はこの部屋がとても気に入っている。

「素敵な部屋だ。私の戦艦の司令官室はとても味気ないので、うらやましい」

彼は言いながら、部屋の中を見渡している。私は、

「最初に会った時から、私には、あなたが非情な人だとは思えませんでした」

「私が簡単に和平案を呑むと?　なんの見返りもなしに?」

無表情な顔で振り向かれて、私は思わず眉を寄せる。

「何を、要求するおつもりですか？」

彼がふいに手を伸ばし、私の頬にそっと指先で触れてくる。

「君だ、と言ったらどうする？」

その言葉に、私は思わず息を呑む。

「……君が私のものになれば、私はバルジーニ総統を説得すると約束する。私にとって君は、星一つ分にも相当するほど価値がある」

詳しい生態も解らない非情な異星人に、自分の命を要求されている。本当なら怯えてもいいはずなのに……私は彼の美しすぎるアメジストの瞳から、どうしても目をそらすことができない。

「……わかりました。私の命一つくらい、安いものです」

私の唇から、かすれた声が漏れた。フランチェスコ司令官が微かに微笑んで言う。

「……最初に見た瞬間に、君に恋をした。もしかしたら、前世で私達は恋人同士だったのかもしれない」

……もしかしたら本当にそうかもしれない。でなければ、こんなに胸が震えるわけがない……。

「大切にするよ、クラハラ艦長」

……ああ、彼の手の中に堕《お》ちた後、私の運命はどうなってしまうのだろう……。

「サプラーイズ！」

いきなり部屋に響き渡ったのは、やけに楽しげな声。私は驚いて振り返り……。

大きく開かれたドアの前に立っていたのは、背の高い男性だった。濃いモスグリーンの軍服の肩に豪華な金色の肩章。胸には、数え切れないほどの勲章《くんしょう》が飾られている。いかにもバルジーニ星人らしく整った彼の顔は、もちろん私もよく知っていて……。

「……バルジーニ総統……!?」

そこに立っていたのは……なんとバルジーニ星の統治者、セルジオ・バルジーニ総統だった。

「ははは、いかにも、私がセルジオ・バルジーニ総統だ！　すぐにわかってもらえて嬉しいよ！　私も有名人になったものだな！」

彼はつかつかと近寄ってきて、私の肩を叩く。そしてマジマジと私の顔を見つめて、

「うう～ん、写真で見るよりさらに麗しいな。会えて嬉しいぞ、ミナト」

あまりのことに思考が停止してしまっていた私は、いきなり名前を呼ばれてさすがに我に返る。

「どうして私の名前を……まさか、この船の通信を傍受《ぼうじゅ》……」

私はハッとして、フランチェスコ司令官を振り返る。

「あなたがいかにも和平交渉に応じるような態度を見せたのは嘘だったのですか？　最初から私達を捕虜にするつもりで……」

「ああ～、エンツォはそんなセコい手は使わないよ、ビリーじゃあるまいし！　地球の人々は、よくあんなヘタレを大統領に選んだものだなあ」

バルジーニ総統が、呆れたような声で言う。

「ひどいな、セルジオ。子供の頃とまったく変わっていない。相変わらずの苛《いじ》めっ子なんだから」

情けない声が聞こえ、開いたままのドアの向こうに姿を現したのは……。

「……ワシントン大統領……」

そこにいたのは、さっき通信で話したばかりのビリー・ワシントン大統領だった。

あまりの事態に、私はさらに混乱する。

「地球とこの船の間は、七千宇宙キロは離れています。さっきの通信を切ってからでは、絶対に間に合うはずがありません。たとえ超光速の出せる宇宙空母でも二時間はかかるはずです」

ワシントン大統領はその映画俳優のような顔に、にっこりと笑みを浮かべる。

「あの通信を送ったのは、この船の中から。バックはCGだよ。なかなかの名演技だっただろう？　まあ、私も若い頃はこれでも映画俳優をしていたからねえ」

楽しそうに言ってお茶目に片目をつぶられて、私はさらにわけが解らなくなる。

「いったい、何が嘘で、何が本当なのか、さっぱり……」

「すみません……」

控えめに言いながらドアのところに顔を出したのは、士官用のカフェに行ったはずのシュトローハイム大尉とホアン大尉だった。彼らの後ろにはジブラルとリンがたたずんでいる。ジブラルの手がシュトローハイム大尉の肩に、リンの手がホアン大尉の肩にさりげなく載せられている様子は……ほんの短時間でやけに親しくなったように見える。

シュトローハイム大尉が、

「実は、この船の乗組員全員が、事情を知っていました。月面基地での訓練中に大統領がいらっしゃって、計画を話してくださったので……」

「艦長が飛行シミュレーターにこもって訓練をなさっている間に、僕らは予行演習もしてしまいました。主にワシントン大統領からの演技指導でしたが」

ホアン大尉が言い、ワシントン大統領が満足げにうなずく。

「この艦の乗組員はなかなか筋がいい。モニターで観ていたが、なかなかの名演技だったぞ」

「……演技……」

私は呟き、それからフランチェスコ司令官を見上げる。

「フランチェスコ司令官。あなたも……すべて知っていたんですか？」

私の心の奥から、激しい怒りが湧き上がる。艦長として常に冷静であれ、と自分に言い聞かせてきた。そしてできるだけそう努めてきたつもりだ。だが、私の中に燃え上がった怒りは不思議なほど激しくて、とてもコントロールできない。

「さっき言ってくださったことはすべて嘘なんですね？　私をからかうのは楽しかったですか？　私は本物のバカだ。すっかり騙《だま》されて、あなたのことを、もうこんなに……」

視界がふわりと曇って、涙がこぼれそうになる。

……ああ……責任ある地位についている私が、部下の前でこんな姿をさらしてしまうなんて……。

「騙したりして悪かった。だが、さっきの私の言葉には少しの嘘もなかった」

フランチェスコ司令官が言って、私の身体をふいに引き寄せる。濡れた頬が彼の軍服の胸に押しつけられ、涙が滑らかな布地にゆっくりと吸い込まれていく。

「会ったばかりなのに、君のことを、もうこんなに愛してしまっている」

「……わあ、なんだか素敵……」

「……やっぱり、運命ってあるんだね……」

シュトローハイム大尉とホアン大尉がうっとりと囁き合っているのが聞こえて、頬が熱くなる。

「ああ～。お邪魔だろうからすぐに失礼するが……どうやらたくさんの誤解がありそうなので、私からもざっと事情を説明しておこう」

バルジーニ総統が言い、私は慌てて涙を拭いて顔を上げる。バルジーニ総統は指を折りながら、

「まず、バルジーニ星人というのは正式には存在しない。宇宙船乗りだった私の先祖が一つの星を発見し、バルジーニ星と名付けた。そして、ＶＩＰがお忍びで使うリゾートにしたんだ。というわけで、私達は生粋《きっすい》の地球人だ。……身元の確かなゲストにしか入星の許可を出さなかったので、入星できなかった人々によってさまざまな噂がバラまかれたようだがね。バルジーニ星人は獰猛だの、いろいろな星を植民地化しているだの……まあ、別の星にいくつかホテルを建てたこ

とだけは事実だが」

「でも……バルジーニ星の軍隊が、地球連邦軍の戦艦をすべて壊滅させたと……」

私の言葉に、ワシントン大統領が頭をかきながら申し訳なさそうに言う。

「悪かった。君を引っ張り出す理由が思いつかなくてねえ。地球は平和そのものだよ。疑うならご家族に電話してみるといい。ああ……君のご家族は、今頃バルジーニ星で休暇中のはずだ。妹さんが君にメールを出すと言っていたのだが、届いているかな？」

彼の言葉を合図にしたかのように、制服のポケットに入っていた宇宙携帯電話が振動した。私は慌ててそれをポケットから出して画面を見て……安心のあまり座り込みそうになる。『エンツォさんに会えた？　こっちはバカンスを楽しんでまーす！』という文面。満面の笑みを浮かべた両親と渚の写真が添付されている。彼らのバックには、美しい海と美しい屋敷が映り込んでいる。

「あとは私から話します。そろそろ二人きりにしてくれませんか？」

フランチェスコ司令官が言い、バルジーニ総統が苦笑しながら、

「まったくせっかちな息子だ。……ミナト、エンツォの伴侶になったら、私のことはパパと呼んでくれよ？」

バルジーニ総統が言い、人々をせかして部屋を出ていく。フランチェスコ司令官が私に向き直り、

「きちんと自己紹介をさせてほしい。私の本当の名前はエンツォ・フランチェスコ・バルジーニ。

セルジオ・バルジーニは私の実の父親だ」

「じゃあ……あなたは、バルジーニ星の次期元首……？」

「一応そういうことになるな。本当は宇宙の大海原を航海しているのが一番向いているのだが」

フランチェスコ司令官が優しく笑ってくれる。それから、

「実は、君の父上のミスター・カイト・クラハラと、うちの父は幼なじみなんだ。君の父上はよく君の写真を手紙に同封してくれていたのだが……私はその写真を見て君に一目惚れしてしまった」

「私に……一目惚れ？」

「ああ。それに気づいた父が、君の父上と古い友人であるビリー・ワシントン大統領を巻き込んで今度の計画を立てた。まあ、一番の理由は……」

彼はライティングデスクの上に置いてある万年カレンダーに目をやり、ため息をつく。

「……今日がエイプリルフールだから、なのだが。うちの父は、毎年この日には何かイタズラをしないと気が済まない。とても迷惑な話だ。だが……」

彼は私をその美しい瞳で見つめ、やけにセクシーな声で囁いてくる。

「今年はとても感謝している。君にこうして会うことができたのだから」

その声だけで、鼓動が速くなる。私は自分に、落ち着け、と言い聞かせながら、渚から送られてきた画像を彼に見せる。

「これが、バルジーニ星ですか？　古い映像で見たことのあるヴェネツィアに似ています。……地球のヴェネツィアは、温暖化の影響で、残念ながら海に沈んでしまいましたが……」

「バルジーニ家は、代々ヴェネツィアに住んできた一族らしい。そのために、バルジーニ星の海に美しい干潟《ひがた》を見つけた時、故郷であるヴェネツィアをそこに蘇らせようと思いついたようだ。……ここに映っているのは、私が住んでいる屋敷だよ」

フランチェスコ司令官は、画像から私に目を移し、私を見つめる。

「屋敷の私の部屋には、一枚のとても古い絵がある。当時のバルジーニ一族の当主の姿が描かれ、その隣には、一人の美しい青年が寄り添っている」

フランチェスコ司令官は、その菫色の瞳でオレを真っ直ぐに見つめて言う。

「……クラハラ艦長。君は、その美青年に瓜二つだ」

囁くような声に、鼓動が速くなる。

「生まれ変わっても、きっとまた巡り合う。そんな気がする」

彼は、私の手をそっと握りながら囁く。私は胸を熱くしながら、彼の顔を見上げる。

「不思議だ。……私も、そんな気がします」

彼の端麗な顔が、ゆっくりと近づいてくる。

「愛している、クラハラ艦長」

「私も愛しています、フランチェスコ司令官……」

私の言葉に、彼は優しく微笑む。

「苗字ではなく、名前で呼んでごらん」

その笑みのセクシーさに、鼓動が速くなる。

「エンツォ……」

私は囁き、彼のキスを待ってそっと目を閉じて……。

◆

どこか遠くで、呼ぶ声がする。それは低く、聞き惚れるような美声で……。

……エンツォ……?

「……おはよう、ミナト……」

「……フランチェスコ司令官……!」

オレは目を開け、ここが『プリンセス・オブ・ヴェネツィアⅡ』のロイヤル・スウィートであることに気づく。窓の外に広がるのは漆黒の宇宙ではなく、朝の光に美しく煌めく紺碧の海で……。

「私の名前を呼んでいたが……私の夢を見てくれていたのか?」

見つめてくるのは、エンツォの菫色の瞳。夢の中では軍服に身を包んでいた彼は、今は滑らかな肌をさらした裸のままで、ベッドのオレの隣にいる。

「……夢だったんだ……」

「怖い夢だったのか？」

「ううん。でもやけにリアルだった。あなたはバルジーニ星の艦隊の総司令官、オレは地球連邦軍の宇宙戦艦の艦長。オレは二十七歳で、一人称が『オレ』じゃなくて、『私』だったんだよ」

「だからさっき私に、『フランチェスコ司令官』と？」

エンツォが微笑みながら言い、オレは思わず赤くなる。

「その夢を覗いてみたかったな」

エンツォが言って手を伸ばし、オレの前髪をそっとかき上げてくれる。

「君は、こうしている間にもゆっくりと大人になっていく。二十七歳の君は、どんなに強く、賢く、そして麗しくなっているだろう」

菫色の瞳が、オレを真っ直ぐに見つめる。

「愛する人の成長を間近で見守ることができるのは、このうえなく幸運なことだ。……大人になった君を見るのが、今からとても楽しみだよ。もちろん……」

エンツォの手が、オレの腰をそっと引き寄せる。

「今のやんちゃな君も、とても綺麗で、とても可愛いが」

オレはさっきの夢を思い出しながら、

「夢の中で、あなたは言ってた。『生まれ変わっても、きっとまた巡り合う』って」

「もちろんそうに決まっている。私と君は運命で結ばれているのだから」

エンツォが囁いて、オレの唇にそっとキスをしてくれる。

オレの恋人は、ハンサムで、優しくて、そして……こんなふうに本当にセクシーなんだ。

END.

Welcome aboard

プリンセス・オブ・ヴェネツィアⅡのメンバーを乗船客《ゲスト》から見ると…？

「きゃあああ、すっごい船……っていうかこれって船？」

「そうよね〜！　綺麗っ！　豪華っ！　ものすっごい！」

思い切り叫ぶ二人に、私はため息をつく。

「わかったから静かにして。ただでさえ私達、浮いてるんだから」

私の名前は鈴木幸子。二十七歳。東京の大学を出て大手企業に勤めて五年。バリバリ働いて出世してやると意気込んでいたけれど、男ばかりの職場で女性が生き抜くのは想像したよりずっと大変。上司は頭が固いし、職場の男どもはフヌケだし、任されるのは私の実力が発揮できない小さい仕事ばかり。毎日がストレスの連続だ。

そんな私の息抜きは、大好きなクルーズ雑誌を読むこと。広い海と豪華客船の写真を見ているだけで、自分も旅に出ているような気がしてドキドキする。

愛読しているその雑誌でコンテストがあったのは三カ月ほど前。自分が夢に見ている旅行を文章にして応募して、入賞者には一週間のクルーズがプレゼントされるという超豪華企画。しかも乗れるのは世界中の大富豪が憧れるあの豪華客船『プリンセス・オブ・ヴェネツィアⅡ』。私はありったけの想像力を振り絞ってコンテストに応募し、そしてチケットをもぎとったのだ。

私の横にいるのは海崎ちゃんとあかねちゃん。二人ともまだ大学生。同じクルーズ好きとして話は合うし、すごく感じのいい子たちではあるけど……なにせ若い。そしてかしましい。

「ちょ、ちょっと見て！　さっそく美形発見！」

海崎ちゃんが言って、階段の上を指差す。ロビーを見下ろせる豪奢《ごうしゃ》な階段の上に、見とれるような美青年が姿を現していた。

「ふわあ〜、麗しい……」

「さすが。豪華客船には豪華な美青年が乗ってるわぁ……」

彼の横顔は申し分なく整っていて、表情は凛々《りり》しい。だけど柔らかそうな唇がどこか少年っぽい。そのアンバランスさが、人の心をいやおうなしに揺らしてくるみたいな……。

彼は誰かを捜すみたいに、階段の上から乗客でいっぱいのロビーを見渡している。

着ているのは白のスタンドカラーのシャツと、いかにも仕立てが良さそうなヴァニラアイスクリーム色のスーツ。涼しげな感じは、素材はきっと上等の麻だろう。

ほっそりしたイメージだけど、青年らしく肩が張って、背筋がきちんと伸ばされてる。ウエストが細くて、脚がすらりと長い。

いかにも日常的にスポーツをしてるって感じの引き締まった体型。だけどバリバリに鍛えてるっていうよりは美しさが必要な……なんだろう？　ソシアルダンスとか？

……いずれにせよ、整いすぎてて、完全に別世界の人だわ……。

そう思った時、彼の後ろにダークスーツ姿の厳《いか》つい男が二人控えていることに気づく。あれってもしかして……。

「ちょっと！　彼、ＳＰを連れてない？　本物の王子様？」

「そうだよ、絶対！　だってオーラ半端《はんぱ》ないもん！」

小声で興奮している二人の脇で、私はなんだかすっごくやさぐれた気分になってた。

……王子様ね。どうせわがままな甘ったれ男でしょ？

もしかしたら、絶対に手の届かない葡萄を見て「どうせ酸っぱいわ」って言ってる狐みたい？

でも、あんなふうになんでも持っていそうな美形、いやなヤツに決まっていて……。

「すみません！」

澄んだ声がロビーに響いて、私は驚いてしまう。さまざまな言語が響くロビーの中で、それはネイティヴな日本語だったからだ。

声の主を捜して慌てて見上げると、あの美青年が私達を見下ろしてた。

「もしかして、『月刊クルーズ』のコンテストで賞を取った方々ですか？」

その口調は、見た目の高貴さとはうらはらに気さくな感じだった。海崎ちゃんとあかねちゃんが大きくうなずいて、

「そうですそうです！」

「それなら私達です！」

「ほんとに？」

美青年は言って、身軽に階段を駆け下りてくる。

艶のある茶色の髪と上着の裾がふわりと翻って、まるで映画のワンシーンみたい。

どうしても目が離せない。彼が動くだけで、黄金色の光がキラキラと軌跡を描く。これが『半端ないオーラ』ってやつ？

……なんなの、この子は……！

階段を下りた彼を、ロビーにいた人々がいきなり取り囲む。彼らが「プリンス・ミナト」と口々に言っているのが聞こえて、やっぱり彼は本物の王子様なんだ、と思う。

……いや、あの子が誰だろうと、私には全然関係ないけど！

周囲に集まった人々に挨拶を返しながら、彼がだんだん近づいてくる。

……だから、なんで私はドキドキしてるわけ？

「会えてよかった。ご挨拶しなきゃと思って」

やっとたどり着いた彼が、私達の前に真っ直ぐに立つ。職場にいる男どもとは骨格からして全然違うのがわかる。顔がめちゃくちゃ小さくて、腰の位置がすごく高い。

間近に見ても彼の顔は完璧に整っていて、私が今までの生涯で見た中で、間違いなく一番美しい人間だろう。神様が丁寧に作り上げた芸術品って感じだ。

……しかも、美形ってだけじゃなくて、すごくいい匂いがする！

彼が近くに来た瞬間から、爽やかなのにどこか甘い芳香がふわりと漂って、頭がクラクラする。

「いきなり声をかけちゃってごめんなさい。オレ、倉原《くらはら》湊《みなと》っていいます」

彼は言って、その唇にいきなり少年みたいに屈託のない笑みを浮かべる。

「今回のクルーズで若い日本人の女性って、受賞者の方々だけって聞いてたから」

私の脇の二人は「ひゃあぁ」とかすれた悲鳴を上げてから、

「私、海崎ですぅ」

「私はあかね。こっちは鈴木幸子さん。三人とも受賞者で初対面だったんだけど、ここにくる途中で友達になったの。みんな成田《なりた》空港から同じ飛行機だったから」

「まさかファーストクラスとは思わなくて緊張しちゃった！」

湊と名乗ったその美青年は笑みを深くして言う。

「ここまでの旅は快適でしたか？」

私より年下に見えるのに（もしかして二十歳前？）、彼の話す日本語は丁寧で、なんだかすごく美しい響きだった。しかも……。

……なんて声なの！

青年らしい美声なのに、どこかにやんちゃな少年っぽさを残した彼の声は、なんだか胸が熱くなるほど魅力的で……。

「もちろんもちろん！」

「超快適でした！『プリンセス・オブ・ヴェネツィアⅡに乗船予定の方ですね』って言われて、空港で特別ラウンジも使わせてもらったし！」

二人の言葉に、彼は嬉しそうな顔をする。

「それならよかったです。……そうだ、お祝いを言わなくちゃ。受賞おめでとうございます。『月刊クルーズ』の紀行文、読みました。みなさんすごく文章がお上手なんですね」

彼の頬はうらやましくなるほど滑らかで、睫毛はすごく長くて、瞳と同じ綺麗な茶色をしてる。唇から覗く歯は真っ白で、いかにも育ちが良さそうで……。

「オレ、文章とか書くの苦手なんで、尊敬します」

いきなり振り返られて、身体から力が抜けそうになる。真っ直ぐに見つめてくる瞳は、澄み切って、キラキラ煌めいていて、まるでとても希少な宝石みたい。

……高価な宝石を巡って争った王侯貴族の気持ちが、なんだかわかる気がする。手に入れるために我を忘れて戦ってしまいそうな……。

「た、たまたま入賞しただけで、たいしたことは書いてないですけど」

慌てて答えた私の声は、情けなくかすれてる。彼は優しい顔で微笑んで、

「とんでもない応募数だったって聞きました。すごいですよ」

……だから、どうしていちいちドキドキしてるのよ、私は！

もちろん彼にそんなつもりはないんだろうけど、見つめられるだけで誘惑されてるような気がしてくる。もちろん私は大丈夫だけど、相手が悪かったら大変なことになりそう。

……大丈夫かしら、この子？　すっごく危険な感じなんだけど……。

「ねえねえ、湊さんって本当はナニモノ？　みんなから声をかけられてたってことは、この船の

常連なんでしょ？」

いきなり海崎ちゃんが言い、私は驚いてしまう。

「そうそう。それに、みんな『プリンス・ミナト』って呼んでたよね？」

あかねちゃんが言う。

「日本語すごく上手だけど、日本に王族はいないし……どっか別の国の王家の血を引いてるとか？」

二人は、興味津々の顔で身を乗り出している。

……いきなりこんなこと聞く？　この二人、もしかしたら大物かもしれない……。

二人の問いに湊くん（と呼ぶわよ、私は！）は笑って、

「縁があって何回かこの船に乗れているだけで、オレはありふれた、ごく普通の大学生です。『プリンス・ミナト』っていうのは、ただのあだ名」

……『ありふれた』？　『ごく普通』？　そんなわけないじゃない！　こんなとんでもない王子様オーラを出しているのに！

思わず心の中でつっこむけど……キラキラのオーラに気圧《けお》されて口には出せない。

「みなさんは、今夜の歓迎晩餐会には出席されますか？」

湊くんの言葉に、海崎ちゃんとあかねちゃんは大きくうなずく。

「招待状にも書いてあったよね！　もちろん出る出る！」

「三人で出るよ！　そのためにドレスをレンタルしてきたんだもんね！」

「ドレスはオーダーで作ってきたって言いなよ～、せっかくの豪華客船なんだから！」

二人が言うのを湊くんはにこやかに見て、

「出発の準備で忙しくて今は来られなかったんですけど、船長もお祝いを言いたいって言ってました。……今夜の晩餐会《ばんさんかい》で紹介しますね」

「この船の船長！」

海崎ちゃんがものすごく嬉しそうに叫ぶ。

「もしかしてバルジーニ船長ですか？」

その言葉に湊くんは少し驚いた顔で、

「彼の名前をご存知なんですか？　もしかして知り合い？」

「まさか、まさか！　バルジーニ海運で検索してて、偶然インタビュー記事を見つけたんです！写真もついてて……ものすごおおおお～く格好いい船長さんですよね！」

湊くんは、あはは、と屈託なく笑う。

「ともかく。今夜の晩餐会、楽しみにしてますね！」

言って少年みたいな仕草で手を振り、踵《きびす》を返す。

いつの間にか人が少なくなったロビー。そこを走り抜ける彼は、まるでネコ科の野生動物みたいに見えた。どこかやんちゃで、だけどやけに優雅で……。

彼がいなくなった途端に、ロビーから一つ、華やかな光が消えた気がした。彼のオーラはそれくらいキラッキラしていて……。

「失礼いたします」

彼の後ろ姿に見とれていた私達は、いきなり響いた声にハッと我に返る。振り向くと、私達の横に見とれるような美青年が立っていた。

……また美青年！　しかも湊くんとはまたタイプが違うし！

陽焼けとは縁のなさそうなすべすべの白い肌。さらりと自然にカットされた艶のある栗色の髪。反り返る長い長い睫毛の下には、丁寧にいれた最高級の紅茶みたいな綺麗な色の瞳。

ほっそりした身体に、純白の制服が似合っていてすごく上品な感じ。

「……ふわあ、また美形来た！」

「……こっちは可愛いタイプね！」

海崎ちゃんとあかねちゃんがすかさず囁き合っている。

「初めまして。皆さんのお部屋を担当させていただく、コンシェルジェのフランツ・シュトローハイムと申します」

どう見ても欧米人の彼が話したのは、完璧な発音の日本語だった。

「フランツくん、日本語上手！」

「発音、完璧よね！」

海崎ちゃんとあかねちゃんの言葉に、フランツくんは頬をふわりとバラ色に染める。照れたように瞬きをしながら、

「本当ですか？　まだまだ勉強中なので嬉しいです」

恥ずかしそうに言うのが……めちゃめちゃ可愛い。

……ああもう！　どうしてまたドキドキしてるのよ、私は？

◆

「めちゃくちゃ広いね～。一日じゃ見て回りきれないかもね～」

船内マップを広げた海崎ちゃんが言う。あかねちゃんが、

「クルーズは一週間もあるのよ！　それまでに全部回る気合いでがんばろっ！」

部屋に荷物を置いた私達は、とりあえず船内を探検することにした。甲板には美しいブルーの水をたたえたいくつものプール。ゴージャスなブランドが並ぶショッピングモール。お洒落なレストラン。船内のインテリアは落ち着いたアンティークで統一されていて、クルーズに慣れていない庶民の私でもいつの間にかリラックスすることができた。

……すごく不思議。これがまさに、世界一の豪華客船の所以《ゆえん》かしら。

私達に用意されたのは、それぞれものすごく豪華なスウィートルームだった。無料でこんなと

ころに泊まるなんて、と思わず緊張してしまったけれど……フランツくんが優しく笑って「なんでも気軽にお申し付けください。お客様にリラックスして楽しんでいただくことが、スタッフ全員の願いですから」と言ってくれて、安心した。こんなに麗しいのに、気取らなくて、親切で……すごくいい子かもしれない。

……やっぱり世界一の豪華客船のクルーは、超一流なのね。

「ランチはやっぱりイタリアンかなあ？　でもさっき、めちゃくちゃ美味しそうなフレンチの店もあったし……」

「すんごいお洒落なカフェもあったよね？　どこにしよう？　お腹すいてきたよ～」

「ランチはちょっと待って。どうしても行きたいところがあるの」

私は言い、廊下の壁に貼られたお洒落な案内板を確認しながら先に進む。

「この船のライブラリー、内装がすごいらしいの。隅から隅までアンティークだって」

「ライブラリー？　豪華客船に乗ってまで本を見るの？」

「うわ～、課題がたくさん出てたのを思い出した」

大学生の二人はちょっと不満そうだけど、私は写真で見たことのある見事なライブラリーを、どうしてもこの目で見たかった。

私は重厚な扉の前に立ち、ドキドキしながらそれを押し開く。

ショッピングモールやレストランの周辺は賑やかだったけれど、ここは別世界みたいに静か。

広々としたライブラリーの中の空気は澄んでいて、微かな紙の香りがする。美しい彫刻が施された見事な内装に、二人も言葉を忘れて呆然と見回している。

……ほかの乗客がいない時に来られた！　なんてラッキーな……！

と思った時、書棚の向こうから微かにページをめくる音が聞こえた。別にこそこそする必要はないけど、私達はとっさに書棚の影にかくれる。

『この本、すごく素敵ですよね』

続いて聞こえたのは、静かな声。綺麗な発音の英語だけど、この声は……。

『特にこのページ……求婚する鳥達に、感動してしまいました』

私達はこっそりと書棚から向こうを覗き……少し離れた場所にあるアンティークの椅子にコンシェルジェのフランツくんがいることに気づく。テーブルの上には何冊かの本が積まれ、彼の向かい側には、一人の逞しい男性が座っている。

陽に焼けた肌、逞しい身体を包むのは凛々しい感じの黒い制服。艶のある黒い髪と、彫りの深い整った顔。フランツくんとは対照的なイメージの野性的なハンサムだ。

『私も、鳥達の健気さにはいつも胸を打たれるんだ』

彼が低い美声で言う。

『愛する相手のために、どんな努力も惜しまない。時には命がけで求婚を続ける。私も愛する人のためには命も惜しまないつもりだ』

彼の囁くような静かな声がなんだかやけにセクシーに聞こえる。

『……ジブラル航海士……』

フランツくんの白い頬がバラ色に染まるのがわかる。

『仕事中でない時は……』

ジブラルと呼ばれた彼が、フランツくんを見つめながら囁く。

『……名前で呼んでくれと言ったはずだよ？　私の名前は？』

『……えっと……ク……ク……』

フランツくんがさらに赤くなりながら言い、それからいきなり立ち上がる。

『ぼ、僕、そろそろ休憩が終わるので！　失礼します！』

慌ただしく本を抱えて、いきなり走り去る。ジブラルと呼ばれた男性が、小さく苦笑して、

『急ぎすぎたかな』と呟くのが聞こえる。彼は立ち上がり、そのままライブラリーを出て行く。

……二人とも制服姿で！　同じ船のクルー仲間で！　少しでも仲良くなろうとして『名前で呼んでくれ』なんて別に珍しい話じゃなくて……！

私はなぜか頬が熱くなるのを感じながら必死で思う。

……ああ、なんでこんなにドキドキしてるの、私は！

◆

私達がランチの場所に決めたのは、後部甲板。イタリア風の可愛い屋台が並び、ピザやフォカッチャの軽食が並んでいた。私達は食欲のままにいろいろ注文しちゃったけど、何を食べてもびっくりするほど美味しい。青い海を見ながら潮風の中で食べるランチは本当に贅沢だ。

「……っていうことを言ってたのよ」

英語がよくわからないという二人のために、私はさっきの二人の会話を説明していた。

「別にたいしたことは話してなくて……」

「ええっ？　それってもう、プロポーズと同じじゃない？」

ピザで頬を膨らませた海崎ちゃんが叫ぶ。カプチーノを飲んでいたあかねちゃんもうなずいて、

「そうそう！　鳥がどうのこうのっていうのは、『おまえを一生守る』って意味ね！」

「だから、声が大き……」

「あの二人、絶対にカップルだってば！」

「黒髪の美青年と、制服姿の逞しい軍人さん！　萌える！　たぎる！」

私の言葉を、若い女性の声が遮った。日本語に思わず振り向くと、叫んだのは隣のテラステーブルに座っている三人組のうちの二人。

「静かにして！　ただでさえ、私達浮いてるんだからっ！」

同じテーブルの女性が私と同じようなことを言い……それから私達の視線に気づいたように目

を上げる。

……そういえば、あの雑誌で受賞したのは六人。あとの三人はどんな人だろうと、気になってはいたけれど……。

「あの！」

物怖じしない海崎ちゃんが、三人のテーブルにちょろちょろと近寄っていく。

「もしかして～、『クルーズ』のコンテストで受賞した人達ですかぁ？」

「は？」

あっちの三人組のリーダー格の女性が、いぶかしげに私達を見る。

……一応出発前に美容院に飛び込んで髪はカットしてきたし、持っている服のうちで一番のお気に入りを着てきたんだけど……。

私はちょっと気圧《けお》されながら思う。

……なんか三人ともお洒落だわ。自費で乗船したセレブだったらどうしよう……？

「そうそう！　あたし達もただでチケットもらったの！　大阪空港から三人で来たのよ！」

「緊張してたから、仲間が増えて嬉しい～！」

あっちのテーブルの二人が、海崎ちゃんに向かって言う。私はやけにホッとしながら思う。

……よかった。同じ受賞者だったのね。

私達はテラステーブルをくっつけて（すぐにクルーが飛んできてやってくれたけど）、六人の大所帯で食事をすることにした。きゃあきゃあ言っていた二人は木下沙織とユキコ・ヤグチと名乗り、リーダー格の人は杉山香と名乗った。

「ねえねえ、よかったらさっきの話を詳しく聞かせて？　黒髪と軍人ってどういうこと？」

海崎ちゃんが身を乗り出しながら言う。沙織ちゃんとユキコちゃんが、

「だから〜、私達の部屋の担当コンシェルジェのホアンくんって子が、黒髪のオリエンタル美青年なの〜」

「その彼が、ひと気のない甲板で、軍服姿の男性と親密そうに話してるのを目撃したのよ！　金茶色の髪と、ブラウンとグリーンの中間みたいな不思議な色の瞳をした超ハンサムで……」

彼女たちが語ったことによると、会話はこんな感じだったらしい。


……………………………………


『リン中尉、実家から美味しい中国茶を送ってもらったんです。あとでお部屋にお持ちしてもいいですか？』

『それより、今日の仕事は何時まで？』

『あ、はい。二十二時には終わる予定ですが……』

『その頃、君の部屋に行ってもいい？　お茶はそこでご馳走してくれないか？』

『わかりました。その頃にまたお電話しますね』

……………………………………………

「……って言ってたの～！　『お電話しますね』って言った時のホアンくん、耳まで真っ赤になっちゃってて！」

「『ご馳走してくれないか？』って言った時の軍人さん……リン中尉？……の声がめちゃくちゃセクシーだったのよー！」

沙織ちゃんとユキコちゃんが、ものすごく嬉しそうに言う。

「やだ！　それって『仕事が終わった頃、プライベートで君の部屋に行く』ってことよね！」

「ご馳走するのはお茶だけかしら？　もしかして、そのままお泊まり？　きゃ～！」

海崎ちゃんとあかねちゃんがものすごく嬉しそうに叫ぶ。

……ちょっと待って。そんなこと、一言も言ってないわよ？

私は心の中でつっこむけど……鼓動がやけに速いことに気づく。

……だから！　なんでいちいちドキドキするのよ、私は？

「そうだ、プリンス・ミナトには会った？　すごいオーラだったよね」

ユキコちゃんが身を乗り出しながら言う。あかねちゃんが大きくうなずいて、

「会った会った！　もうキラッキラだったわ！」

「あのキラキラのオーラは、ダーリンに大切にしてもらっている証だと思うの。私にはわかるわ！」

「あ、それ絶対に当たってる！」

「プリンス・ミナトのダーリンなら、大富豪で、ハンサムで、完璧な男に違いないわ！」

「絶対にそう〜！」

四人はきゃあきゃあ言いながら手を取り合っている。

……いきなり意気投合したわ。

「すごくいい子達なんだけど……素敵な男性を見るだけで、萌えがどうの、カップルがどうのって話になるの。全然ついていけないわ」

杉山さんと名乗った女性がため息をつく。私より一つ年上で、公務員をしているらしい。難しい顔をしてるところを見ると、性格は私とちょっと似てるかも？

「私も全然ついていけないわ。別に偏見はないけれど、同性のカップルがそんなにたくさんいるわけがないと思うのよね」

「わかる。それに周囲の男どもが情けなさすぎて、男に夢なんか見られないわ」

「わかる。私もよ」

……よかった。この人とは、話が合いそうだわ。

「私達は、純粋に豪華客船の旅を楽しみにきているのよね」

「そうよね。私達は私達で、優雅に旅を楽しみましょうよ」

そう、その時の私は、まさか自分にあんなことが起きるとは、夢にも思っていなかったのよ。

◆

晩餐会の会場は、この船の中で一番広いらしい大舞踏室だった。そこに踏み込んだ途端、私達は声を出すのも忘れて立ちすくんでしまった。

豪奢な光を放つ巨大なシャンデリアは、きっとヴェネツィアングラスだろう。オーケストラが奏でる音楽の中、集うのは豪華なドレスや燕尾服に身を包んだ紳士淑女達。アンティークで統一された内装と相まって、まるで中世にタイムスリップしてしまったみたい。

笑いさざめいていた人々が、なぜか次々に話をやめて舞踏室の前方にある入り口の方に注目する。私は彼らの視線を追ってそっちに目をやり……そのまま硬直する。

……うわ……。

舞踏室に入ってきたのは、長身の男性だった。どこかの軍服に似たデザインの純白の制服。黒い肩章には四本の金色のライン。制帽の下から見えるのは、完璧に整った麗しい顔。

……四本ラインの制服ってことは……彼が船長……？

人々が、バルジーニ船長だ、と囁き合っているのが聞こえる。彼らの声には憧れと尊敬が含まれていて、その麗しい男性が船長としてどんなに信頼されているのかが伝わってくる。

彼は舞踏室の一角に設けられた壇上に上がり、大舞踏室に集まった人々を見渡す。

……うわあ、瞳が菫《すみれ》色だ……！

スポットライトが当たった瞬間、彼の瞳がとても美しい菫色であることに私は気づく。世界的に見てもとても珍しいという菫色の瞳にはずっと憧れがあった。

……こんなところで出会えるなんて。しかも、あんなにものすごい美形……！

マイクに向かった彼が、各国の言葉で挨拶をする。声楽家みたいな美声に思わず聞き惚れる。

「今回は、日本から、才能にあふれる若いお客様達が乗船してくださっています。……『プリンセス・オブ・ヴェネツィアⅡ』での旅を楽しんでいただければ嬉しいです」

最後に日本語で言われた言葉に、胸が熱くなる。私達に言われた言葉であることを証明してくれるように、その菫色の瞳はこっちを真っ直ぐに見つめてくれていた。

……ああ……なんだかもう……。

美しい船長の姿をしっかり脳裏に焼き付けたいのに、視界がふわりと曇る。

……日本でのストレスとか、小さい自分とか、将来への不安とか……全部が吹き飛んじゃった！

私は、鼓動がどんどん速くなるのを感じながら思う。

……おそるべし、豪華客船。これは、まさに魔法だわ……。

◆

「今回の受賞、本当におめでとうございます」

ステージでの挨拶が終わった船長は、私達のところにもきちんと来てくれた。あまりにも完璧すぎる美貌に、私達は見とれるのを通り越して硬直してしまっている。

「この船での旅を楽しんでいただければ嬉しいです」

とても美しい声だけど、感情の読めない口調。どう答えていいのかわからずに、さらに緊張する。いつの間にか私達の横に来ていた湊くんが、

「エンツォ、笑って。そんな怖い顔をしてたら、みんなが緊張しちゃうってば」

慌てたような口調で言う。彼は私達を振り向いて、申し訳なさそうに、

「ごめんね。彼は見た目は堅苦しいけど、意外に楽しい人なんです。だから怖がらないでやって」

その言葉に、私達は思わず噴き出す。

それからは船長ともなんとか話ができて、私達は初めての舞踏会をすごく楽しんで……。

◆

「ああ、楽しかった。船長ともけっこう話せたし……湊くんのおかげね」

杉山さんが笑いながら言う。私も思わず笑ってしまいながら、

「見た目があまりに格好いいから、思わず敬遠してしまったわ。でもけっこういい子かも」

海崎ちゃん、あかねちゃん、沙織ちゃん、ユキコちゃんはまだ舞踏室にいて、ビュッフェテーブルのデザートを楽しんでいるみたい。私と杉山さんは廊下の端、観葉植物の蔭にある静かなソファに座り、ピンヒールのせいで疲れ切った脚を休めているところだ。

「あ、噂をすれば……」

杉山さんが言う。彼女が示した方を見ると、バルジーニ船長と湊くんが廊下を歩いてくるところだった。

純白の制服姿の船長と、白い燕尾服を着た湊くんは、改めて見るととんでもなく麗しい。

彼らは思わず見とれてしまっている私達にはまったく気づかずに歩き抜け、目立たない場所にあるエレベーターの前に立ち止まる。『PRIVATE』と書いてあるから、ほかの乗客用とは違う、船長専用のものかもしれない。

「……時々、自分はとても器の小さい人間だと思い知る」

黙っていた船長が、ふいに言う。湊くんが驚いたように船長の横顔を見上げる。

「何それ？」

船長はエレベーターの脇にある液晶画面にセキュリティカードをかざしながら、

「君が同年代の女性と一緒にいるところを見ると、もしも君が私と会わなければどうなっていたのだろう、と考えてしまう」

彼の言葉は静かだったけれど、なんだか胸に迫るような響きがあって……。

「すまない、忘れてくれ」

船長は小さく笑って言う。

「あなたに会わなかったら……」

今の湊くんは、私達に見せていたのとはまったく違う表情をしてる。なんていうか……。

私の胸が、なぜかぎゅっと強く痛む。

……すっごく、切なそうな？

「……オレはきっと、ずっと一人きりだった。自分が孤独だってことにも気づかなかったと思う」

彼の唇から出た言葉に、すごく驚く。

……あんなにキラキラしてて、あんなに人々から注目されて、あんな綺麗な姿をして……なのに、孤独……？

「運命の人に会えなかったら、本当の意味で幸せにはなれなかったと思うんだ」

ポン、という到着音がして、エレベーターの扉がゆっくりと開く。エレベーターに乗り込んだ二人がゆっくりと向かい合う。

「オレ、今は本当に幸せだよ。だって……」

湊くんが、その美しい瞳で船長を真っ直ぐに見上げる。

「……運命の人に出会えたから」

「……ミナト」

さっきまで彼のことを『プリンス・ミナト』と呼んでいた船長が、湊くんの名前をそのままの響きで呼ぶ。それはどこか苦しげで、でもなんだか……蕩けそうなほど愛おしげで……。

エレベーターの扉が、ゆっくりと閉まっていく。船長と湊くんが、見つめ合ったままで顔を近づける。あとほんのちょっとで唇が触れそうなほど近くなったところで……エレベーターの扉がぴたりと閉まった。

残った残像だけで脳が蕩けそう。二人の表情はそれくらいセクシーで……。

「……あの二人、恋人同士なのかな……？」

「……うん……そう見えた……」

私達はかすれた声で言い合い、それから胸に湧き上がる気持ちを口にする。

「私、あの二人の恋を、心から応援するわ」

「私も同感よ」

私達は見つめ合い、しっかりとうなずき合う。

「あ〜、こんなところにいた！」

「捜しちゃった～！」

駆け寄ってきた海崎ちゃん達が、楽しそうに言う。

「フランツくんとホアンくんが給仕のお手伝いに来てて～、だからついつい問いつめちゃって～

……あ、ごめん」

海崎ちゃんが言い、慌てて口を抑える。

「この話題って、二人には退屈だよね？」

「いいえ、全然退屈じゃないわよ」

私はキッパリと言いながら、立ち上がる。同じく立ち上がった杉山さんが、

「その話、きちんと聞かせてもらうわ」

四人が嬉しそうに歓声を上げ、私達は乗客用のエレベーターに向かって歩きだす。

愛おしげに見つめ合う船長と湊くんの麗しい横顔は、しっかりと脳裏に焼き付いている。

……二人が恋人かもなんてただの思い込みかもしれないし、キスしそうだったのも、ただの見間違いかもしれない。でも……。

私は拳を握りしめながら思う。

……妄想の羽を広げるのは、乙女の正当な権利だわ！

初めての豪華客船の旅は、楽しくて、豪奢で……そしてこんなふうにちょっぴりセクシーだ。

END.

祝 Perfect Darling 発行
今回は 色々なシチュの皆が 描けて、楽しすぎて萌え転がりました！ と、いう事で（何が？笑） イラストでは出番のなかった彼らを♡
わたしたちも〜！

あとがき

こんにちは、水上ルイです。

初めての方に初めまして。いつも読んでくれているあなたにいつもありがとうございます。

今回の本で豪華客船シリーズは累計二十冊となります!! 最初は雑誌の読み切りから始まったこのシリーズ、それがこんなに続けられたのは、蓮川愛先生の素敵すぎるイラスト、そして読者の皆さんの応援があってこそ! 本当にありがとうございます!

記念の一冊として今回は豪華な短編集を出させていただくことになりました。どれもコツコツと大切に書いてきた思い入れのある作品です。あなたにも喜んでいただけると嬉しいのですが。

そして。お気づきの方はお気づきだったかと思いますが、前作の発刊後、レビューコンテストが開催されました。想像以上にたくさんのご応募、そしてものすごい熱さのレビューに豪華客船制作チームのメンバー、担当さん、そして私も大感激でした! 応募はお手紙、メール、Tweetなどさまざまな形式だったのですが、ちゃんと印刷して折々に読み返し、元気と勇気をもらってます!

大変な激戦で、結局受賞者は六名となりました。書き下ろしの短編『Welcome Abord』に登場してくださったのはその受賞者の皆様です。パチパチ!!

お名前と表記はご本人に考えていただいた豪華客船ネームなのでご本名とは関係ありません。

お話のために勝手にキャラ付けしてしまいましたが、字面のイメージだけであえてレビューとは見比べずに書いております。「私こんなキャラじゃない！」という苦情はお受けできません～（笑）。

レビューコンテストやメールやTwitterで読者さんと触れ合う機会が増えましたが、今回乗った六人は、受賞者というだけでなくあなたでもあります。「わたしならこんなことしたいなー」と想像の翼を広げつつ、一緒に乗船した気分で楽しんでいただければ光栄です。

エンツォと湊の旅はまだまだ続きます。豪華客船でシャンパンでも飲みつつ、のんびり次の冒険談をおまちください！

これからも二人を応援していただけると嬉しいです！

二〇十八年 初秋　　水上ルイ

エンツォと湊が次に向かう先は――
美しき黒海の古城!?

BBN「豪華客船で恋は始まる14」
2019年 発売予定

goukakyakusen de koi wa hajimaru goukakyakusen de koi wa hajim

◆初出一覧◆

fromMtoE
／「豪華客船で恋は始まる」スケジュールブック(2013年9月発売)、小説ビーボーイ(2013年9月号)掲載
KoTo　／同人誌掲載('12年12月発売「KoTo」より)
Nuit d'amour〜恋の夜〜　／小説ビーボーイ(2016年秋号)掲載
ハニー達のプライベート日誌
／ドラマCD「豪華客船でときめきは始まる」b-boyショッピング特典小冊子(2010年1月発売)掲載
Strawberry milk
／「豪華客船で恋は始まる12」初回限定封入特典ペーパー(2016年9月)掲載
LOVE SPICE　／AGF限定本「Libre Premium2013 BLUE OCEAN」掲載
海辺のmariage《マリアージュ》　／小説ビーボーイ(2017年秋号)掲載
白銀の森で恋は始まる　／小説ビーボーイ(2014年1月号)掲載
新緑の森で恋は深まる　／同人誌掲載('13年12月発売「MOFU MOFU」より)
Space of Enzo　／ドラマCD「豪華客船で恋は始まる9」リブレ通販特典小冊子(2013年9月発売)、「豪華客船で恋は始まる10」リブレ通販特典小冊子(2013年12月発売)掲載
Welcome aboard　／書き下ろし

ビーボーイノベルズをお買い上げいただきありがとうございます。
この本を読んでのご意見・ご感想をお待ちしております。

〒162-0825 東京都新宿区神楽坂6-46
ローベル神楽坂ビル4F
株式会社リブレ内 編集部

アンケート受付中
リブレ公式サイト　http://libre-inc.co.jp
TOPページの「アンケート」からお入りください。

BBN
B●BOY NOVELS

Perfect《パーフェクト》 Darling《ダーリン》~「豪華客船で恋は始まる」短編集

2018年9月20日　第1刷発行
著者――水上ルイ

発行者――太田歳子
発行所――株式会社リブレ
〒162-0825 東京都新宿区神楽坂6-46ローベル神楽坂ビル
営業 電話03(3235)7405 FAX 03(3235)0342
編集 電話03(3235)0317
印刷所――株式会社光邦
定価はカバーに明記してあります。
乱丁・落丁本はおとりかえいたします。

この書籍の用紙は全て日本製紙株式会社の製品を使用しております。
Printed in Japan
ISBN 978-4-7997-4011-8